坂を見あげて

toshiyuki horie
堀江敏幸

中央公論新社

坂を見あげて

目次

装幀　間村俊一
装画　堀江栞

坂を見あげて

I

仮面の下

かつて縁日でセルロイドのお面が縦横にずらりとならべられている屋台の前を通ったときの、背筋がぞっとするような感覚を時々思い出す。子ども用のお面には怒りの表情がない。笑みを浮かべているものも少ない。瞳の裏が闇なら黒く沈み、光源があれば淡い光を発する。それなのに彼らの表情はいっこうに変わらず、裸電球やハロゲンランプの光を浴びて、てらてらと無表情に存在しているばかりなのだ。たくさんの面があれば視線を泳がす言い訳もできるのだが、なにかの添えもののようにぽつんと掛けられている単体の面に出くわすと、身体が硬直して動けなくなるのだった。

だれかと真正面から向き合うのは、とても難しい。ましてその状態で話をするのは、なおのこと苦痛である。相手から目を逸らさず、瞳と瞳を結びながらしかも自然体を保ち、言葉を素通りさせないこと。視覚と聴覚を同時に高いレベルで稼働させるには、長い期間にわたる意識的な訓練が必要で、恥ずかしいとか面倒だとか言ってどちらか一方に偏りがちな者は、思念をあらぬ方向へ飛ばして、ほんの数秒前、数秒後の話の脈絡がつかめなくなってしまう。

刻々と表情を変えていく生身の人間を前にしたときですらこうなのだから、表情が固定されているお面が相手となると、もはやどこにも逃げ場がない。凝固した表情に揺さぶりをかけようと瞳に力を込めても、こちらのまなざしは無情に撥ね返されるか無抵抗のまま吸われるかのどちらかで、向かい合った状態で妄想をたくましくする余裕はないのだ。お面を、仮面を、能面をまっすぐ見据えるときの緊張は、そこから生じる。化学物質の臭いのする量産品の玩具のお面と、面打ちが魂を込めた能面とではたしかに次元がちがうけれど、それらのみを前にした背筋の硬直の度合いは、不幸なことによく似ている。

しかし、「面と向かう」より、その面がだれかに装着されている文字通りの仮の面だと気づかされたときの驚きは、さらに深いものだった。明らかに色の異なる地肌、面を固定するための紐、作りものではない地毛がのぞいていれば、どんな子どもだって、顔の下にべつの顔が隠されていることくらい理解できるだろう。驚きは、だから「下の顔」の存在にではなく、こちらが横に移動しないかぎりその顔は認識できないという視点のほうにあった。

ボードレールの『悪の華』（第二版）に、「仮面」と題された作品がある。若い彫刻家エルネスト・クリストフの、「フィレンツェ風の優美さにみちた」女性の石膏像に想を得た一篇で、「われら」と名乗る語り手は、まず「上品で肉感的な」笑みを浮かべ、「〈自惚れ〉が恍惚の情を漂わせている」彼女の顔の美しさ、神々しさに陶然とする。ところがさらに近づき、ぐるりと周囲をまわってみて、「致命的な不意打ち」を受けるのだ。

そして、見たまえ、こちらに、酷《むご》くも引き攣《つ》れて、
ほんものの頭部、正直な方の顔が、
嘘つく顔のかげに、のけぞっているのを。

（阿部良雄訳『ボードレール全詩集Ⅰ』ちくま文庫）

正方形に近い台座の右斜め前から見たときには笑みを浮かべていた女性が、時計回りに移動したとたん、悲痛な、正真正銘の顔をあらわにする。当初、この彫像は「人間喜劇」と題されていたのだが、大理石像に造り直された際、詩とおなじタイトルに変えられた。

十九世紀半ばに彼女の裏の顔を発見したのは、「群衆」だった。つまり、「私」ひとりではなく、不特定多数の「われら」によって偽りの仮面が暴かれたのである。だとすれば、縁日でセルロイドのお面を前に立ちすくんでいた子どもも、ひ

とりではなかったのかもしれない。そこに歩いていた者すべてが、偶然を装って近づいては目の前にあるお面の穴を覗き込み、角度を変えて真実を読み取っていたのである。恐怖は、「私」ひとりのものから「われら」のものになった瞬間、本当の顔を見せてくれるのではないだろうか。

落ちていく花

花散里は桐壺帝の女御であった麗景殿女御の妹にあたり、源氏とは若い時分から関係のあった女性である。愛がないわけではないけれど、ことに執着しているといったふうでもないあしらわれ方を彼女は恨めしく思っていたようだ、と『源氏物語』の語り手は言い、五月の雨が晴れあがったある日、姉と暮らす彼女のもとへ源氏を向かわせている。

麗景殿女御の住まいはまことにひっそりとあわれ深く、源氏はまず彼女のところに立ち寄って昔話に花を咲かせ、いまなお品位を失わぬその姿に心打たれる。「橘の香をなつかしみ郭公《ほととぎす》花散る里をたづねてぞとふ」と述べてしんみりしたのち、彼は妹君たる花散里の部屋に入って、情を交わす。

彼女はいわゆる美貌の持ち主ではなかった。しかし温厚な人柄で、二条東院が完成したとき西の対に迎え入れられて妻となり、葵の上が亡くなったあとには、遺児の夕霧の養母にもなっている。長々と描かれているわけでもないのに、その美しい名も手伝って、忘れがたい存在だ。

ところで、彼女の姿や身分をすっかり作り変え、老いた源氏に残酷でひねりの効いた最期を突きつけた異郷の作家がいる。女性としてはじめてフランス翰林院《かんりんいん》に迎え入れられた、マルグリット・ユルスナール。一九〇三年、フランドル地方の旧家に生まれたユルスナールは、母を産褥《さんじょく》で亡くしたのち、教養あふれる自由人であった父親の手で育てられ、学校には通わずに、その父親と家庭教師の手でギリシア・ラテン文学を軸とする古典の素養をたたき込まれた。彼女の名を世界に知らしめた一九五一年の『ハドリアヌス帝の回想』や一九六八年の『黒の過程』は、その輝かしい成果である。

先に述べた花散里の物語は、一九三七年に発表された短い作品で、題して「源氏の君の最後の恋」。これは翌年、ガリマール社の《短篇再興》叢書の一冊、『東方綺譚』に収められた。監修者が堀口大學訳『夜ひらく』で知られる外交官作家ポール・モランだったことも、記憶にとどめておくべきだろう。この作品集は一九七六年にユルスナール自身による改訂版が出て、初版のうち一篇が削除されているのだが、幸い源氏の最期が消されることはなかった。

ユルスナール源氏（と呼んでおこう）は、晩年、財産を整理して最小限の供の者と都を離れ、ひなびた山里の庵に身を落ち着ける。ここでユルスナールは「三番目の妻、西の館の君」なる人物を創造し、源氏が隠居するに至ったのは、彼女が義理の息子と情を通じたことを知って衝撃を受けたからだと、やや無理のある設定をしているけれど、読み進めていくうちに、それも違和感なく受け入れられるようになる。

源氏は視力を失い、都との音信も途絶えがちになっている。そこへ、かつての愛人たちが、「追憶に満ちた彼の独居を頒《わか》ちたいと申し出て」くる。

なかでもやさしい手紙は花散里からのものであった。この婦人は生れも美しさもとりたててどうということもない昔の情人で、源氏の他の妻たちに久しく忠実に仕えてきた女房であった。

（多田智満子訳『東方綺譚』白水Uブックス）

こんな設定だけで、『東方綺譚』の他の短篇同様、ユルスナールが思いちがいなどではなく、あえて原典の読み替えをおこなっていることはあきらかだ。実際、彼女の花散里には、源氏が麗景殿女御のもとへ行く前にふと立ち寄り、かつて一度だけ情を交わした、あの身分の高くない女性の姿がまじっている。

源氏が完全に盲目となったのを見届けたうえで、ユルスナールの花散里は変装をして近づき、幾度かの試みののち、老いたる貴人の傍らにまんまと居つづけることに成功する。ところが今際のとき、源氏の口から次々に出てきた愛する女性たちのリストのなかには、彼女の名だけがなかった……。

仏語の花散里は、la dame-du-village-des-Fleurs-qui-tombent。花は複数で、「散る」には「落ちる」という意味の動詞があてられている。この一語で、桜の散るやわらかな語感が、牡丹のぼとりと落ちるような、鈍く、重いイメージに変容する。落ちていくこの花々の舞こそが、源氏の最期にふさわしい雲隠を引き起こすブラックホールの、重力を超えた重力のあらわれだったのかもしれない。

太田君と正宗君——ドアルネのふたり

木下杢太郎こと太田正雄が、北米経由でヨーロッパに向かったのは、大正十年、すなわち一九二一年のことである。この時太田は三十六歳。五月に日本を発って六月にはバンクーバーに到着、以降、シアトル、ロサンジェルス、シカゴ、ボストン、ニューオリンズ、ワシントンなどをまわって九月にはロンドンへ、そして十月二十九日、パリにやってきた。

欧米語が混在する『木下杢太郎日記』には、通常の日記とはべつに滞欧中の記録が「欧州日記」としてまとめられており、私自身の経験と照らし合わせながら当時の杢太郎がどんな言葉を書き付けているかたどってみたことがあるのだが、どこそこに行ってだれに会うといったメモ書き風の言葉がならんでいるばかりで、生活の細部や暮らしのにおいはなかなか感得できなかった。もちろん、ソルボンヌで講義を聴いたり、サン・ルイ病院に顔を出したりという留学中の医師らしい行動の一端を摑むことは可能だが、杢太郎の日記にはそれ以上の踏み込みを禁じるカルテみたいなところがあるのだ。そのどこかしら冷たい日記を久しぶりに引っ張り出す気になったのは、正宗得三郎の随想『画家の旅』（アルス、一九二五年）の冒頭に収められた「ドアルネ紀行」を読んだからである。

ドアルネは、現在ではほぼドゥアルヌネと日本語表記されるブルターニュ地方の小さな漁港で、古くから鰯漁で知られている。夏になると住民を超える数のヴァカンス客たちが訪れ、シーズンオフは閑散としている町がにわかに活気づく。一九二一年から二度目の滞仏を敢行していた正宗得三郎は、その夏、ドアルヌネに避暑中だった旧知の老フランス人O氏から絵はがきをもらい、ちょっとした悪ふざけを思いついた。

ふと、ブルータ《ママ》ニュに突然Oさんをおどろかすのも一興あると思つて、遊びに来てゐた太田正雄君に、どうだブルターニュに行かないかと話したところ、太田君もブルターニュは一度行つてみてもいい。あそこのローカル・カラーも面白いだらうといふので、それでは日を決めて前日通告する、モンパルナスの停車場で逢ふことにしようといふことで、ブルターニュ行に定まつた。

言うまでもなく、得三郎の長兄は作家の白鳥、次兄は国文学者となった敦夫で、どちらも書き言葉の表現者だった。ここに引いた一節の、なんともほのぼのとした「ブルターニュ」の反復をつたないと評することもできるだろう。しかし逆に、独特のリズムだと肯定的に捉えれば、得三郎も兄たちに通じるなにかを持っていたと考えることも不可能ではない。ただ、ここで私の目を引いたのは、文中にはめ込まれた太田正雄の名と、その生き生きとした台詞のほうだ。

二、三日後の夕刻、ふたりはモンパルナス駅で無事に落ち合い、ブレスト行きの汽車に乗った。翌朝、「キャンペルレ」（カンペール）で夏の臨時列車に乗り換え、「ドアルネ」に到着すると、今度は馬車でOさんの投宿先であるホテルに向かう。「部屋をたづねたら一つだけあるといふことで太田君と僕とは一つの部屋にはいることになつた」と、ここにもまた「一つ」という愛らしい繰り返しが光っている。正宗得三郎の絵の現物はほんの数点しか見たことがなくて、あとは図版を通してのみの接触だが、*その画面から立ちのぼってくるどこか茫洋とした感覚は、まさにこれらの文章の呼吸そのものだ。

得三郎は午前と午後に写生に出かける。「太田君もちよい〳〵水彩絵具をもつて出掛けて行く」。近所の祭りを見学した翌日、太田君はドイツに行くからと言って、ひと足先にパリに帰ってしまう。書中にはフランス人をまじえた記念写真も掲げられている。かすかな笑みを浮かべてはいるものの、全体としてはぶすっとした感じの太田正雄に比べると、得三郎の笑顔はじつに気持ちがいい。そこで『木下杢太郎日記』を開いて一九二二年八月の記述に当たってみると、「太田君」は科学者らしく、右のすべてをわずか一行で片づけていた。《24. VIII. Bretagne》。それもそのはず、内容のある日記のほうは、与謝野鉄幹の『明星』に、作品として送っていたのだった。

＊二〇一七年秋、府中市美術館で大規模な「正宗得三郎展」が開かれた。私はここで百点ほどの作品を見て、初出時の印象を再確認することができた。

恋の芽ばえる場所

白洲正子の文章を読んでいると、時々、書き手の年齢がぐっと若返って娘のようになり、言葉が急に艶やかになる瞬間に出くわす。自分にないもの、というより、「ふつう」の人には絶対にないなにかを持っていて、本人もはっきり意識していながら知らんぷりしているような、ある意味でよく出来た人間を前にしたときにそれは発現するのだが、その感覚はどうやら、出会いのたびに更新される、つねに新鮮な恋に似ているような気がする。

美点でもなんでもない部分を誇示して他人の心の隙間に入り込もうとする者ばかりが目立つ厄介な環境に身を置きながら、あえてみずからの美点に気づかずにいる才人の自然さには、たしかに周囲をほっとさせ、とがった部分をやわらげる効果がある。いまの時代には、おそらく、なくてはならない存在だろう。ただし、そうした徳のあるたたずまいはどこか緊張感に欠けていると見る向きもあって、文章に触れるかぎり、白洲正子もそういう視点の持ち主だったように思われる。しかも彼女は、むしろ前者に、厄介な連中に心惹かれるところがあった。

　誤解してはならない。身体ではなく心の核が標準より硬いことをじゅうぶんに意識してそれを見せたがる人を、世間はときに、高慢だ、鼻持ちならない、と否定的に評する。しかし、まわりにそんな言葉を吐かせてしまうようでは、ふんぞり返り方もまだ「ふつう」の領域にとどまっているのではないか。言葉を交わすことがほとんど快楽に等しい緊張と同程度の絶望をもたらす人間がこの世にはいて、そういう種類の人々だけが、狭い意味で師友と呼ばれうるのだ。

　師友に恵まれるのは、ひとつの才能である。出会うこと、出会いの場に居合わせることも、まぎれもないひとつの才能だ。人をモノと言い換えれば、骨董を前にしたときの言葉に色の出てくる瞬間も理解できるだろう。結局のところ、人づき合いも創作と同義なのだ。作品そのものではなく、過程のある創作行為だからこそ正負の駆け引きがあり、白黒の落差ができる。その落差を享受できなければ、《作品》から永遠に遠ざかることになるだろう。

白洲正子が書き残している《作品》の基本形のひとつは、青山二郎とのあいだの距離の調整法だが、彼女は「ふつう」でない人の息が聞こえる範囲内にいてその基本に忠実に生き、巧みな呼吸の間合いを堂々と消化しながら相手の色には染まらず、染まらないでいてもその場では相手の自尊心を傷つけない引きの技をもっていた。結果として深く傷つけるかもしれないことをも、うすうすは承知のうえで。

骨董の世界には、美を形あるものとして所有し、手で触れ、眼で触れて味わい尽くす生活者タイプのコレクターと、あらゆる分野のあらゆる事象に通暁しつつ、売り買いよりもまとまりのある蒐集を目指すタイプのコレクターがあって、古美術の正しき指南役であった細川護立は後者、青山二郎や小林秀雄は前者に入る、と彼女は言う。どちらも目利きであり、すぐれた師であることには変わりないのだが、絶望と危うさを含んだ言葉の位相における恋の発生は、否応なしに、「ためることにのみ熱心で、散じる喜びを知らない」後者よりも、売り買いを日常とする前者に近くなるだろう（「細川護立」『心に残る人々』）。

文章にしてもおなじことが言える。「叩けば音が出るものが、文章なんだ」という青山二郎の言葉を彼女は心に留め、一方で、その師の呻吟ぶりをひととおり描いたあと、こうも記す。

それは隅から隅まで醒めた文章で、よけいなものの一つもない、骨だけ見せたような文体であった。その範囲において申し分なかったが、文章も生きものであることを、ジィちゃんは忘れていた。

（「何者でもない人生　青山二郎」『遊鬼　わが師　わが友』新潮社）

叩いても音の出ない文章だった、と彼女は記さない。「その範囲において」という冷徹な一語を緩衝材として、音が悪かったことを読者に示すのだ。深い愛情と理解に基づくきわどい距離感。大切な教えの裏に、それを自分で崩してしまう敗北の臭いを彼女は嗅ぎ取る。自分自身もなにかに敗北していることをどこかで認めているから、正負の境を愛するのだ。恋が生まれるのは、そこである。その現場に立ち会いたくて、私は白洲正子を読む。

養蚕と書道教室

開始の合図の直後は、冊子の頁をあわただしくめくる音が聞こえていた。窓もドアも閉じられて外の様子は伝わってこないし、ほかに耳につくものといえば、暖房の温風が吹き出す音だけである。一刻も早く進めなければと焦る気持ちが、紙をめくる指先の動きを、粗雑に、乱暴にしていたのだろうか、一列おきに六十人ほどの若者たちが規則正しくならんでいる空間いっぱいに紙のすれる音が響き、ほどなくすると今度は当局から濃度を指定された鉛筆の先と紙のこすれあう音がそこにまじって、どこか不穏な気配さえ漂いはじめた。

かさかさ、かりかり。がさがさ、かりかり。教壇と呼ばれる監視塔に立ち、机にかじりついて手を動かしている彼らの様子を正面から観察するという仕事は、望むと望まぬとにかかわらず職場では毎年課されるもので、それまでにもう十数回繰り返してきたことだから、とくに緊張を強いられていたわけではない。しかしその冬の一日は、手慣れた勤務校のルールではなく全国一律の、口にする台詞まで事細かに定められたいかにも役人的なマニュアルに沿って行動しなければならず、それに対する違和感がこちらの意識をかえって鋭敏にしていた。

ともあれ、私は若者たちのこわばりを解いてやるための、開始前のちょっとした冗談さえ封じられている窮屈さに耐えながら、こういう空気をずっとむかし、どこかで吸ったことがあるな、と思っていた。いつ、どこでだったか?

やがて何人かが両腕を頭上にのばして脱力をしたり、肩を上下させたり、身体をくねくね揺すったりしはじめた。その動きがまた既視感を強めてくれる。しかも彼らは、蓄えてきた知識をいったん無にしてあたらしい知と向き合っているかのようで、ちょうど幼児が知恵づきはじめた頃に出すのとおなじ種類の熱を頭上高くまで発し、同時にまた、着込んだ服の下からなまあたたかい生きもののにおいを吐き出していた。

そのにおいを嗅いだとき、あ、これは養蚕場だ、と私は気づいた。音も、においも、蚕たちのもぞもぞした動きも、なにもかもそっくりではないか。色とりどりの繭にくるまって、彼らはすべてのエネルギーを机上に置かれた問題冊子と解答用紙にぶつけているのだ。

ところが、三十分ほど経過した頃だったろうか、会場の空気がしだいに凍りついて物音が静まり、六十四の蚕たちがみな下を向いたまま手を止めてしまったのである。なにが起こったのか？　消しゴムを落としました、という無言の手があがったのを機に私は教壇を下り、身をかがめてそれを拾い、ふたたび身体を起こして持ち主に渡しながら顔色をうかがおうとした。その瞬間、首からぶら下げている名札が机の天板に当たって、持ち主の問題冊子の上に、ぺたりと張り付いた。すると、ビニールケースに入った名札の、横書きの名の隣にもうひとつ、縦書きの活字で刷られたおなじ漢字が四つ浮かび上がったのである。

六十四の蚕たちを沈黙に陥れていたのは、あろうことか、数年前に私自身が書いた文章だった。第一問は著名な批評家の作品から出題されており、どこまでも明解な行文に蚕たちは嬉々として向き合っていた。それが一転、空気が澱んで、みな動かなくなったのだ。ということは、全国五十数万人の若者を受け入れた会場のあちこちで、同様の現象が起こっているにちがいない。身体中から血の気が引いていった。そして、消しゴムを落とした受験生が、自分を絶望の淵に陥れようとしている曖昧な文章の書き手がいま目の前に立っていることに気づかないで欲しい、と祈った。

問題文に利用されていたのは、書道教室が舞台になっている散文作品の一節で、その場面には墨の、もしくは墨汁のにおいが満ちあふれていた。蚕の体臭、桑の葉のにおいが、墨のそれに重なる。しかも蚕たちの苦悶は、次の古典の問題の、鎌倉末期から室町初期に成立したとされる『兵部卿物語』の一節にも引き継がれていた。そこには、姫君が《さまざまの絵など書きすさみたる中に、籬《ませ》に菊など書き給うて、「これはいとわろしかし」とて、持たせ給へる筆にて墨をいと濃う塗らせ給へば》という、驚くべき一文がふくまれていたのである。

切り刻まれた拙文のあちこちを、私も墨で塗りつぶしたい思いだった。そうすれば、若々しく夢と希望にあふれた蚕たちの苦しみも、少しは和らぐだろうと思って。

いつも下を向いて「ええ、ええ」とうなずくばかりの、古くさい形容をすればニヒルで口数の少ない先生もためらいなく歩いていくので、大気のせいではなくもっぱらこちらの心肺能力の貧しさによってそう感じられる薄い空気に足下をすくわれそうになりながら、私もまた、七、八人からなる隊列の最後尾を黙ってついていった。雑居ビルの谷の底の、ネオンに照らし出された細い路地から路地へと渡っていくザイルのトップを担っていたのは、座持ちの好きな言語学者の卵だった。

時おり前方に顔を出す標高二百メートル超級の高層ビルの、一定の間を置いて点滅する航空障害灯が、方位磁石を持たない案内人の心の支えになっていた。彼は何度も夜空を見あげ、方角を確認しながら、ビバーク寸前の老若男女を励ましつづけている。登攀《とうはん》が目的ではなかったとはいえ、深夜零時をまわっているその時点で、私たちのパーティはすでに第二次の飲み会を終えており、第三次キャンプ地となるその場所に向かう足取りはかなりおぼつかなかったのである。垂直に聳える雑居ビルの岩壁のなかほどに突きだした目的地にたどりついたときには、疲れを通り越して、みな軽い躁状態になっていた。

ああ、ここです、ここです、と言語学者の卵は喜びの声を挙げ、息ひとつ乱さず「ええ、ええ」と応じる先生を従えて、重い二重扉の向こうに足を踏み入れていく。これで喉の渇きを癒すことができる、むくんだ両足を休めることもできると、私たちもまた安堵の表情であとにつづいた。煙草のけむりで視界が遮られた店内は、雪男が声を出したらおそらくこんな響きではないかと思われるような、なんとも言えない歌声に満ちあふれていた。白い紗幕の向こうの、二、三段の木の岩場に立って電気仕掛けのピッケルを握りしめていたのは、驚くなかれ、つい数時間前に第一次ベースキャンプでいっしょだった別のパーティの隊長で、彼はまた、私たちの案内人の恩師のひとりでもあった。

スイスの言語学者フェルディナン・ド・ソシュールの『一般言語学講義』を、草稿段階から洗い直した先駆的な仕事で知られるその著名な教授は、「音楽も舞踏も広い意味のコトバであり、これが動物と人間の境界を画する唯一のしるしだ」と考えたソシュールに倣ったのか、自他共に認めるカラオケ・ファンでもあって、柔らかいソファーに腰を下ろしたとたん呆けてしまった私たちとは対照的に、演歌からシャンソンまで、まさしく「現前するパロール」と化してステージを独占していた。教授がわが隊をパロールなしに統括する先生の存在に気づいたのは、『ミネソタの卵売り』を軽快に歌い切ったあとのことである。この時間帯、この場所まで来てあの脚力、あの肺活量。さすがにソシュールの専門家だけのことはある。最年少隊員となる私はひそかに感服していた。

ソシュール家は十六世紀に遡る名門で、フェルディナンの父アンリ＝ルイ＝フレデリックは鉱物学者にして昆虫学者、その父ニコラ＝テオドールは有機化学者にして植物生理学者、さらにその父オラス＝ベネディクト、つまり言語学者フェルディナンの曽祖父は植物学者であり、アルプス山脈に「登山」という営みを本格的に持ち込んだ、近代登山の創始者と呼ぶにふさわしい人物だった。一七八六年のモン・ブラン初登頂は彼の主導になるもので、自身もその翌年に登頂を果たしている。

オラス＝ベネディクト・ド・ソシュールは、すぐれた文筆家でもあった。ちょうどその頃、神保町の古書店で、私は彼の作品の抜粋だけでなく同時代のマルク＝テオドール・ブーリの文章を併録した『モン・ブラン最初の旅』という図版入りのアンソロジーを手に入れて、シニフィアンだのシニフィエだのという難解な言葉よりも、自分の足で歩き、自分の目で見て言葉を探り出していたフェルディナンの曽祖父たちの文章のほうに、大きな魅力を感じていたのだった。

しかし、雑居ビルの岩棚にあった二十世紀の歌うベース・キャンプは、ミネソタの卵どころか、文字による登山という抽象性を打ち砕くだけの、にぎやかな身体に占拠されていた。頂上を目前にして取り残されていたのは、私ひとりだったかもしれない。

猛の祝いの日

親族の集合写真は無防備である。被写体となる人たちは距離の差こそあれ血縁や婚姻によって結びついていて、みなカメラのレンズを正面から見つめ、いまここで写真が撮られていることをはっきりと意識しているのだが、なにより印象的なのは、何親等か離れているはずの彼らの顔かたちが驚くほど似ていることだ。背丈も、骨格も、とくに目の表情などは、なにか分子生物学的な操作をしてつくりだしたか、でなければだれかひとりの顔をもとにした仮面をかぶっているのではないかと思われるくらいそっくりなことがあって、偶然そうした写真を手にすると、軽い目眩を感じる。

露店の古物市で、家族写真のアルバムが売られていることがある。何年か前、筵《むしろ》のうえに置かれた雑多な品々のなかに、名前の明記された一家の家族写真をまとめたアルバムが数冊放り出されているのを見つけた。さすがに買うまでには到らなかったものの、私はながいあいだ糊付けされた正方形の小さな写真群と立ったまま向き合って、なんとも言えない想いにとらわれた。台紙が厚く、一冊がひどく重い。横長の左開きで、収められた枚数はそれほど多くなかった。四隅を三角形の紙で押さえたり、切り口をつくって差し込んだり、アルバムによって整理の仕方はまちまちだったが、何十年も押し入れの奥にしまい込まれていたような臭いがして、ところどころに黒カビが繁茂していた。

日本製の二眼レフで撮影されたとおぼしきそれらのモノクロームの世界には、一家のさまざまな姿が記録されていた。昭和の生まれなら、どこかで見た光景ばかりである。畳にちゃぶ台をひろげての夕食の様子、父親に肩車されている息子、庭先に置かれた手作りのブランコで遊んでいる娘、縁側で煙草を吸っている老人と沓脱ぎ石の横で寝そべっている犬、出入りの酒屋らしい青年とならんでいる母親、縁日のお面をかぶった少年、川原での水浴び、観光地の大きな碑石のまえでポーズを取る夫婦。

私をその場に引き付けたのは、家族の構成員の順列組み合わせだった。父と息子、父と娘、父と祖父と孫娘、親族らしい老人と祖父母、兄妹の姿、父と母。たいていは二人か三人の集合体で、その構成員が場所を変え、相手を替えて、時の流れに応じて顔つきを微妙に変化させていく。ともに成長しともに老いていく、と言える一方で、時にあらがってまったく変わらずにいると言いたくもなるような複数の顔が、機会を得てひとつに集まる。全員が真正面を向いているのは、結婚式や盆暮れの集まりが多い。なかには法事の折に撮影したらしいものもあったのだが、ばらばらな要素がひとつにまとまったとき、写真は動きを止め、時間を止め、私の思考をも止めた。

人間はひとりではない。ひとりではこの世に生まれてくることができず、ふだんの暮らしのなかでも、死んでいくときにも、私たちはけっしてひとりではない。天涯孤独という状況はありえても、理論的に人間はひとりであることが許されないのだ。血のつながりは、時としてしがらみになるから、否定的な語られ方をすることもある。しかし見も知らぬ家族の集合写真を眺めていると、ある時代を血族としてともに生きることの奇跡と不思議を、あらためて感じざるをえないのだった。

名前の記されている家族写真が、なぜこんな場所で売られているのか。ここに写っている人々が次々に世を去り、最後に残された者がみずからの死期を悟って売り払ってしまったのか。それとも中身を確かめずに古い行李を処分してしまったのか。さんざん眺めておきながら、私はあえて尋ねなかった。売り子のおばさんも、買わせようとして、いかにもこしらえたふうの逸話を語ったりしなかった。そういうことをするには、これらの家族写真はあまりに生々しすぎたし、また、あまりにも近すぎたのだろう。

細い手書きの文字で《猛の祝いの日》とキャプションが記された横長の写真を、いまもよく覚えている。一族郎党、老若男女あわせて十数人。祝いの席なのに、だれひとり笑っていない、緊張感あふれるその一枚に並んだ顔は、まるで葡萄の房の粒のように、みなおなじだった。

ある海人の墓

なぜか子どもの頃から尺、寸、貫、匁といった漢字一文字の単位表記の音と形が好きで、健康診断で示されるカルテなどにも身長何尺何寸、体重何貫何匁と記したい、それが無理なら大切な情報を一瞬で読み取れるアラビア数字にはしないで、西洋伝来の単位を漢字にしたいなどと、馬鹿なことを考えていた。キロメートルの粁、メートルの米、センチメートルの糎、ミリメートルの粍。どうしてここに米がふくまれているのだろうと思いながら、片仮名と漢字の行き来を楽しむのである。

ただし、数ある文字のなかで、私の目に最も魅力的に映っていたのは「尋」だった。両手を広げたその幅のことを、尋《ひろ》と言う。かつての日本人の標準的な身体の大きさにあわせた単位だから、現在の私たちの体格とは多少のずれがあるだろうけれど、いまでも縄の長さや水深を測るときにはこれが基準になる。一尋とは五尺、もしくは六尺。前者なら一・五一五米、後者なら一・八一八米。漁業や釣りではこれを一・五米として計算しているらしい。しかし字面からすると、上記のとおり六尺で換算した方が美しいだろう。なにしろ小数点以下の八一八は、うまく組み合わせて縦棒を入れれば「米」になるからだ。

ところで、いまから二十年ほど前のこと、私ははじめて『日本書紀』を読んだ。難しい漢字のならぶ原文を読み解いたわけではない。ちょうどその頃、宇治谷孟氏による全現代語訳が講談社学術文庫から上下二巻本で刊行されたのである。全篇を読み通すというより適当な箇所をぱらぱらと開いて、気になる小見出しがあるとそこをつまみ食いするというい加減な方法で読み進めているうち、いつのまにか読了していた。

その巻の十三に、允恭《いんぎょう》天皇にまつわる話が綴られている。在位はおおよそ四一二年から四五三年。兄の反正天皇の崩御にあたり、生来の「情深い心」を見込まれて次期天皇にと推されたものの、自分は病弱で兄たちからも愚かだと難じられている、天下を統べるには器が小さすぎると、当初かたくなに即位を拒んだ稀有な人柄である。けれど、臣下たちの強い要望もあってついに意を決し、皇位につくと、忍坂大中《おしさかおおなかつ》姫《ひめのみこと》命を皇后に迎えて、皇子を五人、皇女を四人もうけた。皇子のなかには、のちの安康天皇と雄略天皇がふくまれている。

在位三年目の春、一月一日、天皇は自分を診てくれる立派な医者を求めて、新羅に遣いを送る。医者がやってきたのは、その年の八月。治療をはじめてほどなく恢復すると、彼はまた恩人を新羅に帰した。医者が到着するまで七カ月も体調不良を耐え抜いたあたり、話の規模も大きい。これは当人が謙遜して言うような、病弱で愚かな男のなせるわざではないだろう。

そう思って読み進めていくと、在位十四年目の秋に、淡路島へ猟に出かけたとの記述があった。ところが、一日中、獲物がなにもとれない。占いをすると、島の神のお告げがあり、明石の海の底に真珠があるから、それをとってきて供えよという。天皇はさっそく海人たちを集めて潜らせたが、深すぎてだれも底までたどり着くことができない。そんなときあらわれたのが男狭磯《おさし》という海人で、彼は命綱をつけて一気に潜り、いったんあがって、底に大きな鮑がある、それが光っている、と報告した。おそらく中に真珠があるのだろう。いま一度潜らせたところ、男狭磯は大きな鮑を抱いて戻ってきた。そして、海上で息絶えた。縄を下ろして深さを測ると、六十尋あった。

私は唸った。偶然ながら、巷ではリュック・ベッソンの『グラン・ブルー』が公開されていて、素潜りではじめて水深一〇〇米に達したあのジャック・マイヨールが大きな注目を集めていたからである。一尋を五尺で換算すれば、九〇・九米。しかし、六尺にすれば、六十尋は一〇九・〇八米で、ゆうに一〇〇米を超える。男狭磯は海女ではなく男性の海士だろうから、この勇気ある海人が実在の人物なら、素潜り一〇〇米の記録達成は五世紀の日本に遡ることになるのだ。尋の一文字に反応したおかげで、私の夢想は千四百年前の明石の海の底に向かったのである。

鮑の中にはやはり大きな真珠が入っていた。それを島の神に祀ると、神託どおり獲物はたくさんとれたという。允恭天皇は、男狭磯の死を悼んで墓を建てた。その墓はまだ残っている、と『日本書紀』は記しているのだが、はたしてどこにあるのだろうか。

陶片追放

高台に建っていた中学校の、斜面に面した北側の裏庭に、陶器を焼くための大きな電気窯が設置されていた。地場産業である陶磁器に対する理解を深めるという地域限定の教育課程だったのかもしれないのだが、当時はまだ良質の粘土も安く手に入ったので、あらかじめブロック状に切られた塊を業者から仕入れてひとり一個ずつ分け与え、自由に作陶させるという美術の授業が、年に一、二度おこなわれていた。

美濃焼の産地であり、志野や織部は土産ものとして日々眼にする土地柄で、隣の可児市に窯を構えていた荒川豊蔵、瀬戸の加藤唐九郎、幸兵衛窯で知られる五代目加藤幸兵衛とその息子の加藤卓男といった名前は日々の暮らしのなかで耳に入っていたし、ことに少年期を過ごした昭和五十年代には、ペルシアのラスター彩の研究と正倉院の三彩復元で知られる加藤卓男の仕事に触れる機会が多かった。

しかし、だからどうということもないのが、十代半ばの恐ろしさである。教師のほうもただ粘土をぽんと投げ出すだけで、参考作品を見せることもなかったし、土の特質について解説することもなかった。土をこねるところからはじめろとは言わないまでも、掃いて捨てるほどいた陶磁器関係者や、地元ではむしろ少数派に属する陶芸作家たちを招いて教えを乞うような企画もなかったので、陶器といえばたいていふだん使いの安い茶器や食器や花器を思い浮かべ、それにあわせてごまかすのが常だった。

粘土が軟らかくなりすぎるのを防ぐため、作業場所は戸外に設けられたコンクリートテーブルの上、しかも季節は晩秋で寒かったから、大雑把な細工しかできない。人数分のろくろがなかったので、円形の器やそれらしい壺をこしらえるのも無理だった。回転系の道具を使わずにできあがる器は、まことに素朴なものばかりである。授業の流れとしては、形になったものを素焼きにし、釉薬をつけてもう一度焼いてできあがった「作品」が、当初のイメージと合致しているかどうか、変化しているかどうかを確認できればそれでよし、ということだったのかもしれない。

ただし、モノを相手にするときには、好みや性格がはっきり出る。いまでもそうなのだが、私は色艶のあるものよりくすみのあるほうに、真新しいものより時を経ているものに惹かれてしまう傾向があって、陶器に関して言えば、窯から出てきたばかりのつやつやした器より、資料館のガラスケースに入っている色あせた古陶のほうが好きだった。大胆にたらし込んだ織部の緑釉や志野のうっすらとした桃色のまじる乳白が残る陶片、自然釉で焼かれた須恵器の肌合いに対する愛着は、理解できるできないはべつとして、日常手にする品の、少なくとも色の選択には影響を及ぼしていたと思う。

そんなわけで、自由に陶器を焼く機会を与えられて私が考えたのは、とにかく色艶のない陶片のようなものを作れないかということだった。木で火を熾す窯ではないから自然釉はもちろん望めないし、素焼きの段階で完成品とすることは許されないのである。しかも、釉薬は白と茶の二種類。それが大きなバケツに入っていて、鰻のタレをつけるみたいにどぶんとそこに沈めるだけなので、濃淡を出すことも、薄い焼き色にすることもできない。さらに、自由にやってよいという言葉とは裏腹に、面にはなにかしらの飾りを施すことが義務づけられていた。鱗状のぎざぎざや幾何学的な紋様をほどこして、はじめて作品として認められるのだ。

控え目に、私は申し出た。好きにしてよいのであれば、紋様なし、容積なし、皿にもならないような板を数種類、釉薬の濃度を変えて焼かせてほしい。むろん、聞き入れられはしなかった。しかたなく、私はそれこそ箸にも棒にもかからない直方体の花器をこしらえ、竹べらでそれらしく薄い線を引いて、白になる釉薬に浸して焼いた。もちろん、評価されなかった。学校から返されたあと、石でいくつかに砕き、雨水と土の成分による変容を期待して近所の畑に埋めた。うまくすれば、ひとつくらいよい色合いに変化するかもしれない。

二カ月後、畑は砂利敷の駐車場になっていた。陶片を埋めた場所がどこだったのか、いまもわからぬままである。

白埴と四十雀

斎藤茂吉選になる岩波文庫版の『長塚節歌集』を買ったのは、専門課程への進級を控えてあれこれ迷っていた大学一年の秋だった。昭和十四年発行の第九刷。奥付には「長塚」という楕円形の検印も押されている。当人は大正四年二月に三十五歳で世を去っているから、これは遺族が押した印なのだろうが、もしかすると生前歌人が使っていた印とおなじものだったかもしれない。たったそれだけのことが、当時は百円の文庫を買うための貴重な付加価値になっていた。

下宿先の四畳半の畳に寝転がって、私はあまり期待もせずに『土』の作者の歌をたどっていた。そして、瞼が半分以上垂れてきた頃にたどりついた、「鍼の如く」の連作の、ほの暗さとほの明るさが同居してなお清冽な調べに、ああ、こういうものが読みたかったのだ、とつくづく思ったのである。辞書を片手に外国語の文字列とにらめっこをしていた眼に、旧字旧仮名の音楽がどれほど魅力的に響いたことだろう。なにより「秋海棠《しゅうかいどう》の畫《え》に」と詞書きのある、「白埴《しらはに》の瓶《かめ》こそよけれ霧ながら朝はつめたき水くみにけり」という第一首。西瓜の色に咲く芭蕉の秋海棠とちがって、ここには艶やかな白との対比がある。霧の朝、冷たい水。霧は外に立ち込めているだけではなくひんやりした陶器の表面をも湿らせ、外気を吸い込む歌人の肺も同時に湿らせているかのようだ。

長塚節が咽頭結核と診断されたのは、明治四十四年、三十二歳の秋のことである。余命は「僅かに一年を保つに過ぎざるべし」。春に婚約した女性の将来を思って彼はつらい別れを告げ、治療を兼ねた旅を繰り返すようになる。「鍼の如く」は死の前年、神田の病院に入院していたときに生まれた。不治に近い病を抱えていながら、なんと涼しい眼をしていることか。いや、眼が涼しいのではなく、彼のまなざしの届いた空間が、喉の痛みや実らぬ恋の苦しみとは無縁の涼気を放つのである。

たとえば「博多所見」とある「しめやかに雨過ぎしかば市の灯はみながら涼し枇杷うづたかし」の、雨あがりの空気と色の鮮烈さ、そして「し」の反復からなる、なにか唇の端にあたらしい命を宿したような、控えめな気概。ここにあるのは歌人ではなく画家の眼だ。「其一の三」の、ちょうど見開きに収まる十四首は、ほとんど十四人の絵描きのパレットである。

山吹、西瓜、莢豆《いんげん》、藜《あかざ》、白膠木《ぬるで》、枳椇《けんぽなし》、檜、芝栗、松、錢菊、藁、棕櫚《しゅろ》、辛夷《こぶし》。植物の色が読み手の肌に移って、ともに生かされる。「洗ひ米かわきて白きさ筵にひそかに棕櫚の花こぼれ居り」。なんだかはじめて色を覚えた子どものようになって、次から次に出てくる色彩の深みと、背後にある喉の痛みを同時に感じながら、夢中で頁を繰っていった。そして、六月。「三日微雨、人にあふことなきにたれば車に幌かけて出づ、鬼怒川をわたる」とあっての二首目で、私はやはり専攻を変えるべきかもしれないとまで考えた。

口をもて霧吹くよりもこまかなる雨に薊《あざみ》の花はぬれけり

すっと掛け軸を下げて展げた滑らかさで言葉が縦に降ってくる。それでいて薊の花弁さながらの、細い雨のように肌にまとわりつく。梅雨の細かい雨を、痛む喉が言葉といっしょに飲み込む。雨が天から降ってくるのではなくて、薊が自分の口から細かい霧雨を吐き出しているような感じさえするこの歌を読んでいると、雨雲と花弁が入れ替わって、天地がさかさまになってくる。現実の情景を描いているのに、どこかに大きな幻想の動きがある。

明治四十五年の「病中雑詠」には、諦めねばならない婚約者のことが歌われていた。思い乱れて夜を明かし、「痛き頭を抑へつつ庭の寒き梢に目を放ちて」彼は詠んでいる。「四十雀なにさはいそぐここにある松が枝にはしばしだに居よ」。

急いで去った愛しい四十雀は、幾度か彼のもとに舞い戻ったのだが、大正三年五月、その実兄によって交際を禁じられた。「鍼の如く」の一から四までが『アララギ』に掲載されるのは、別れの翌月のことだ。茂吉は文庫版の解説で、長塚節の遺品の手帳に、この少女の写真が仕舞われていたと記している。白と黒の写真にささやかな彩色をするとしたら、彼はあの美しい植物のパレットから、どんな色を選んだことだろうか。

邯鄲の愚能

同世代の仲間たちと学生時代に聴いた音楽をめぐる四方山話をしていて、さまざまな固有名詞を挙げていくうち、なぜかグノーのオペラ《ファウスト》の話題になり、必然的にゲーテの原作についても触れざるをえなくなった。グノーは一八三九年、二十一歳のときにローマ賞を得て、数年のあいだヴィラ・メディチに滞在しているのだが、その折に詩人ジェラール・ド・ネルヴァルが仏訳した『ファウスト』第一部に感銘を受け、楽想を得たという。実際に完成して初演されたのは一八五九年。ネルヴァルが仏訳を試みたのは一八二七年で、まだ二十歳にもなっていなかった。ゲーテの声は、若いふたりの才能を介して響き伝えられたのである。
初読の折、私はなんとか全篇通しで読んだ。しかしその後は「捧げることば」に惹かれて「悲劇第一部」ばかりを手にとっていた。手塚富雄の訳である。大作の展開をすぐさま予想させる一種の雄渾さ。澄み切った悲劇のはざまにあらわれる、手綱をゆるめるような調の変化。そして「捧げることば」のあとに読まれる、翳りはあれど前向きな呼びかけ。

また近づいてきたか、揺らめく影たちよ、
かつてわたしのおぼろな眼に浮かんだものたちよ。
いまこそおまえたちをしかと捉えてみようか。
わたしの心はいまもあのころの夢想に惹かれるのか。
むらがり寄せるおまえたち。よしそれなら思うままに、
靄と霧のなかからわたしのまわりに現われてくるがいい。

わたしの胸はわかわかしくときめく、
おまえたちの群れをつつむ魅惑のいぶきに揺すぶられて。

胸にわだかまるように這っていた霧がゆくりなく動きだし、白い膜をはがした別世界へと踏み込む瞬間がここには描かれている。メフィストフェレス特有の裏返しの人間愛さえもが、ファウストにとりつく影たちの支配者として立ちあらわれる。この数行に全篇が凝縮されているのではないかと、当時の私は考えていた。

どのような形であれ、ファウストは十全に生きようとした。メフィストも逆説的ながらファウストを補い、おのれをファウストに仮託することで、人間への「愛」に支えられた存在として心にとどまっている。大気がゆっくりねじれ、渦巻いて、やがて天上へ猛烈な速度であらゆるものを汲みあげる竜巻の力をまとう。しかしそれは外部の力によって生成したのではなく、ひとりでに意志をもってできあがったものだ。同様に、ファウストもメフィストも、グレートヒェンもヘレナも、すべて一時に、人間という枠のない魂へと昇天していく。第二部では、現代の文学的営為からまったくかけ離れたところで、動きを孕んだまま琥珀に閉じ込められた心の状態に、素手で触れているような感じがしてならなかった。

それはちょっと大袈裟にすぎるんじゃないかと笑われながら、その笑いのなかでよみがえってきたのは、当時の影ではなく異なる記憶の断片だった。『ファウスト』を読んでいた学部生の頃、私はちょうど卒業論文の準備にとりかかっていた。テーマに選んだのはマルグリット・ユルスナールで、齢八十を超えてなお旺盛な活動をつづけており、私はその仕事をひとつひとつ、時間をかけて追っていた。彼女がすぐれた翻訳者の手を借りてフランス語に移した三島由紀夫『近代能楽集』の翻訳、『五つの現代能』を読んだのも同時期である。ユルスナール訳による現代能をモーリス・ベジャールが演出し、原作にはない「楯の会」の男を登場させて話題になったという新聞記事を読んだ覚えもある。

ユルスナールは早くから能に関心があり、初期の自作の戯曲にも影響があることを認めている。その解釈には曲解に近いところもあるとはいえ、ことのなりゆき上、私は三島とユルスナールと彼女が訳したギリシア悲劇を並行して読む羽目に陥り、その読書的混沌のなかで『ファウスト』の、「また近づいてきたか、揺らめく影たちよ」という一行に幾度も立ち返っていた。記憶の亡霊たる影を生々しい現実として受けとめ、ときにそれと同化しながら、ユーモアと絶望を込めて時空を行き来する。ワキとシテが渾然一体となる、歪みを抱えつつも一面ではきわめて正しい現代能。グノーが愚能に転じかねない、邯鄲さながら危険な一夜の思い出である。

刃こぼれした言葉

観光地で売られているその土地の名と名所旧跡の絵柄が入った物品、とくに食べ物以外の品々が、かならずしもご当地で生産されているわけでないことは周知のとおりである。子どもの頃、家族で旅行に出かけると、集客の望める場所にはたいてい年月日と名前が打刻できる同型の自動メダル販売機があってよく遊ばせてもらったのだが、またかと文句を言いながら出資してくれる親のほうも、二等辺三角形の安っぽいペナントや木製の通行手形を買い求めていて、私はそこに、蒐集というよりなにがしか自虐的な想いが込められていることにも勘付いていた。その手の土産物屋には、郷里の窯で焼かれた量産品の陶器類が、そこでしか手に入らないような顔で置かれていたからである。

真っ白に焼いてそこに土地の絵柄を転写しただけの小さな壺や湯呑みや灰皿。縁もゆかりもない土地で作られた品々が全国各地に運ばれているわけだから、思い出はその日その時にその場所で買ったということ以外の保証書を持たない。訪れた景勝地と土産物の一対一対応を素直に信じる者は、いつか裏切られる。自分ひとりの喜びがじつは万人共通のものであったという落ちなら慰めようもあるけれど、なんの関係もない土地で生まれた品が化粧直しされただけで特産品としてばらまかれていたとなれば、もはや幻滅しか残らない。

もっとも、この幻滅の仕組みは、アリバイ工作に使うことができる。フランスの作家ロジェ・グルニエの、「スプーンの柄尻」と題された一篇には、ありふれた土産物のひとつである都市の紋章入りスプーンを使った愛の裏工作が、さらりとした筆致で描かれている。出張の多い男が旅先で恋に落ちる。相手の家は土産物の定番であるスプーンの卸商で、ふたりは逢瀬のたびにどれか都市を選んで架空の旅をし、男は滞在の証でもあり不在証明でもあるその都市のスプーンを妻のもとに持ち帰る。まさしく匙加減の絶妙な佳品だ。

ところで、フランスの土産物屋でスプーンとおなじくらいよく見かけるのが、折り畳みナイフである。掌に収まるくらいの、青や赤や緑の粗悪なプラスチックの鞘にメッキをほどこした切れない刃が収まっていて、鞘のところに白地で都市の名前が転写されている。キーホールダーにもできるよう鞘の先に小さなリングが取り付けられているのだが、実際に鍵をつけるとポケットや鞄から出し入れするたびにぶつかって文字が削られてしまう。

そんなものを買うくらいなら、煙草売り場に揃っているごく一般的な実用に耐えるメーカー品を買えばいいのだが、そうはならない。重要なのはあくまで都市名が印字されている鞘なのだ。十九世紀にサヴォワ地方で生まれたジョゼフ・オピネル考案のナイフはいまやどんな町でも売られている日用品だし、世界のソムリエたちが称賛するラギオールのナイフは、発祥の地であるオーヴェルニュ地方の小村の名を冠してはいるものの、実際にはフランスのナイフ総生産量の三分の二を占めるティエールで製造されており、そちらでも購入できる。特産をうたう土地でしか手に入らないものではない以上、細かい帳尻あわせなしに先の現場不在証明に使うことはできない。

十五世紀からつづく中世の町ティエールは、急な丘の斜面を下り落ちるデュロール川で二分されている。この豊かな水を生かすため、かつては流れに沿って織物工場、製紙工場、刃物工場が点在し、とくに滝壺のような谷の底、通称「地獄の穴」と呼ばれるあたりには刃物工場が集まっていた。刃を打ち、鍛える鍛冶部門から出てくる煤と煙、研磨部門から流れ出る砥石で濁った水。一八六一年、このティエールで刃物と武器の製造を任されている優秀な職人と紙加工職人の女性との恋をからめて一篇の小説を書きあげたジョルジュ・サンドが、自作を『黒い町』と題したのもうなずける状況だった。

ただし彼女の小説には製造工程がいっさい描かれていない。人物の描き分けと展開の妙がなかったら、他の職種や他の町でも成立する、いわば汎用土産物ナイフ小説になっていただろう。刃物の町を扱いながらあえて切れ味の悪い物語を描いてみせるところに作家の力量があるのだ。こういう矛盾を抱えた言葉の運用を、私は愛しつづけるだろう――いつの日か、刃こぼれした言葉で切れ味の鋭い散文を形にすることを夢見ながら。

Ⅱ

黄金のやどりぎのように咲く命

雪の中でも咲く花、すなわち雪中花として教えられたのか、それともギリシア神話で有名な自己愛の語源でもあるナルシッサスとして習い覚えたのか、いまではもう記憶が定かではない。

そんなふうに言ってしまえば、ずいぶん高級な話に聞こえるけれど、残念ながら私が水仙なる花に出会ったのは、五つか六つの頃の冬休み、年末年始の日々を電気ごたつに入ってだらだら過ごしていた和室でのことだった。低い茶箪笥のうえの花瓶に、白と黄色の清楚な花がいけてあって、近づいて香りを嗅いでいたら、それはお客さんが持ってきてくださった水仙だよ、と親が教えてくれたのだ。

スイセンという音と色と形姿は、こうして私のなかで、寒い季節の、あたたかい部屋の情景と結びつくことになった。だから、宮澤賢治の『注文の多い料理店』を開いて「水仙月の四日」という題名が目に入ったとき、この花が出まわる季節の物語だろうと文字どおりに解釈し、すぐさまこたつのある和室を思い浮かべたのである。

いったい、この話にどんな形容詞を付したらいいのだろう。怖くて、寒くて、さみしくて、ほのかなぬくもりがあって、それなのに、読み終わると、もっと大きな、見たこともない恐怖のかたまりが迫ってくる。心のいちばん深いところを針で刺すような展開で、ほんの一ミリでもはずれたら、主人公も、読んでいるこの私も死んでしまうような気がする。

人間の眼には見えない、雪婆《ゆきば》んご、雪童子《わらす》、雪狼《オイノ》のいる山のなかを、赤毛布《あかけっと》をかぶった子どもが歩いてくる。雪童子は一本の栗の木に黄金のやどりぎを見つけ、雪狼にそれをかじりとらせると、子どものまえに投げてやる。子どもは驚きつつそれを拾いあげ、激しい雪と風のなかを這うように歩いていく。雪婆んごはもっと風を吹かせるようにと雪童子をあおりたてる。

ひゅう、ひゅう、さあしつかりやるんだよ。なまけちゃいけないよ。ひゅう、ひゅう。さあしつかりやつておくれ。きょうはここらは水仙月の四日だよ。さあしつかりさ。ひゅう。

(『〈新〉校本宮澤賢治全集』第十二巻、筑摩書房)

水仙月の四日。なんという自然、なんという言葉の響き。一日でも二日でも三日でもなくて、四日に定められた重み。四は、すなわち死に通じる。その無言の掟をやぶって、雪童子は子どもを救う。だれのために？　自己愛のためではない。水仙は黄金のやどりぎのように輝き、雪の中で脈打つ命をもたらすのだ。

雪の白を奪った花

ひとり酒ではなく、親しい友人たちと、あるいは、さほど親しくはないけれどそういうときにだけ必要な人たちとにぎやかに飲むのが好きな者にとって、花見はその最も便利な口実のひとつである。

今度ご一緒に、お花見でもいかがですか、こぢんまりした集まりですし、ちょっと顔を出してくださるだけでいいんです。そんなふうに声をかけられて、言下に断るのは難しい。どんなに忙しくても、どんなに群れるのが苦手でも、都合がつけばぜひに、といちおうは応えておくだろう。そうでもしなければ、この国の人間にふさわしくないと批難されそうだから。

花は桜木。桜の木の下に筵を敷いて盃を傾けるのはたしかに一興だろうし、枝に掛かる雪を花びらにたとえ、散りゆく花びらを雪に見立てる遊びは、いずれも流れるように風に舞って消えていく桜を念頭に置いてのことだ。舞い落ちて川面をびっしりと埋め尽くした桜色の織物を、祭りのあとのやるせなさとともに愛でるのも、伝統のうちと言える。

しかし、桜に先んじて甘い香りを放ち、冬から春へと嗅覚の準備をしてくれるのは、まちがいなく梅である。大宰帥、大伴旅人は、天平二年（七三〇）「正月十三日」、太陽暦で言えば二月八日に、あの名高い「梅花の歌三十二首」（『万葉集』巻五）を詠む宴を催した。観梅の時期としては早すぎるようにも思われるが、事実と見立てが混然となった歌詠みの場でなら、べつに不都合はない。私の好みからしても、梅は少し未熟なくらいの時期がいいと思う。

先の宴のあとに、おなじく旅人が詠んだとおぼしき四首が「巻五」には付け加えられていて、うちひとつに、こんな歌がある。

雪の色を奪ひて咲ける梅の花今盛りなり見む人もがも

梅の花の白は雪の白を奪って咲いたものだとする、見なしの美しさ。奪うという言葉の荒々しさと、その対極にある白の清らかさ。いま咲き誇る梅を、いっしょに見る人がいてくれたらいいのにとつづける旅人の胸中には、亡き妻、大伴郎女《いらつめ》への思いがあっただろう。だが、ここでは冒頭の白の「移り」の美を愛したい。

二月、私は、宴にふさわしい梅林ではなく、華美なんて言葉からは遠いありふれたコンクリートブロックの塀の向こうや、アスファルト舗装もされていない砂利が敷かれた駐車場の片隅で枝を伸ばしている梅を眺めて、その香りをかぐ。酒も、煙草もない、澄んだ冬の大気のなかで。

木蓮の色の重さで裂ける空

　木蓮の香りは、頭上から降ってくる。風に乗ってふわりと波打つように鼻先をかすめるのではなく、だれかが透明な袋に入れてこっそり運んできた秘密のにおい袋をいきなりぱっと開けたみたいに、局所的に出現するのだ。それは濃い薄いという分け方を超えてしまった、気品のあるさらりとした味わいで、春、そんな「白い」香りの風船を頭でいくつも割りながら散歩するのは、派手な桜並木を抜けていくより楽しいとさえ思う。

　ところが、恥ずかしいことに、私はながいあいだ、この小さな「白い」花の集まりが木蓮だと信じていたのである。まわりがみな木蓮と呼んでいたから疑いもしなかったのだが、花の香の下をくぐって、いいですね、春ですね、と口にしたことはあっても、なぜか色については、それまでだれとも言葉を交わした記憶がなかった。

私の無知蒙昧をただしてくれたのは、十年ほど前に住んでいた町の、無人野菜スタンドでしばしば顔を合わせていたご老人だった。スタンドの横を白く染めていたその花を見て私がつまらない時候の挨拶をすると、それはね、ハクモクレンといって、ふつうにモクレンと呼んでいるものは紫色をしてるんですよ、とにこやかに教えてくれたのである。

正式名は、紫の一字をつけて、シモクレン。どこぞの角の家で見かけました、という情報まで頂戴したので、しばらくして買いもののついでにそのあたりを通ってみたのだが、老人の記憶ちがいなのか私の無知ゆえなのか、それらしい紫色の花はなかった。めずらしくもない庭木なのに、見たいと思うとなかなか見られない。花ばかりではなく人にもそれは言えて、今度また顔を合わせたら場所を確認しようと思っていたその老人ともだんだん疎遠になってしまった。

ところが、紫木蓮は、それから引っ越した町の春の公園に、名前のプレートつきであっけなく咲いていたのである。濃淡のある紫色は、思いのほかやわらかく、冷たい感じがしない。もっと情念に満ちた、派手なものかと思っていたのだが、枝と枝のあいだが適度に空いていて、花のひとつひとつがよりくっきりと、うつくしく空に映える。たしかに白とならべたら、紫は豪奢で重く感じられるだろう。しかし、そこには、白にない音がある。「木蓮の崩れ落ちたる廂かな」と日野草城が詠んだその木蓮が白だったら、宙に飛び出した架空の大地を響かせるような音はしなかったにちがいない。

闇をとどめた球体

空港の乗り継ぎカウンターの周辺は、もうすべて灯りが落とされていた。金髪をひっつめた背の高い女性がひとり、すらりと立っているその場所にだけ二十ワットに満たないオレンジの光が当たり、何人かの客が順番待ちをしている。二十代なかばにしてはじめての国際線、しかも航空券はアルバイト代をはたいて求めた高価な片道のみ、帰国は三年先と決めての旅立ちだったから、どうなることかと私はおおいに不安だった。

乗り継ぎに用意されていたのは、わずか一時間。出国時のトラブルですでに二時間遅れだったので、ほんとうに間に合うのかと確認してみると、先方の航空会社がなんとかしてくれるはずです、と担当者は胸を張って言う。搭乗間際にパック旅行客がごっそり振り替え輸送便へと移っていくのを見て嫌な予感はしたものの、こちらはなす術もなく空っぽの機内に乗り込んだ。

やはり、現実は甘くなかった。十時間ほどのフライトを経て先の女性に告げられたのは、どこそこのゲートから会社が用意したバスでホテルに輸送する、というまるで録音みたいなそっけない指示だった。秋の深夜、午前零時を回っている空港内は閑散として、真っ白な内装ゆえか、大病院の病棟のようなさみしさである。迷いながらもカートをころがして私は指示された出口に向かい、深い闇のなかへゆっくり足を踏み出した。

そのとたん、身体じゅうが異様なにおいに包まれていくのがわかった。においはふわふわとただよったりせず、夜気ぜんたいに浸透している。鼻を突くほどのきつさはなく、不快とまでは言い切れない、それじたいに温度のあるようなあたたかい異臭。しばらくして、あ、これは堆肥だ、鶏糞が入っている、と幼少時の遠い記憶が反応した。

冷え切ったマイクロバスが運んでくれたホテルの名は、金色のチューリップ。なるほど、ここはオランダだったんだ、と私はようやく気づいた。闇のなかの畑の土は、おそらく黒々と鎮まり、これから植えられる球根を待ち受けていることだろう。来春、おびただしい数のチューリップが織り上げた華やかな色彩の絨毯に、黄金の花びらも含まれているだろうか。

チューリップの季節になると、私はきまってあの秋の一夜を思い出す。球形の根が閉じ込めた空港の周りの闇とまだ見ぬ明るい花弁の光を、頭の片隅に咲かせながら。

ブーゲンビリア補遺

花の事典によれば、ブーゲンビリアの花期は五月から七月、九月から十月あたりと記されているけれど、私にとっては、この二十年来、真夏に咲く花である。折り紙細工の筏《いかだ》のような輪郭の、いかにもたっぷりした花弁に見える部分は苞《ほう》と呼ばれ、小さな白い花を守る包みにすぎない。苞の色はずいぶん多く、黄色もあれば紫もあり、青やピンクもある。しかし、花言葉として情熱の意をあてがわれているだけあって、濃い赤がよく似合う。

ブーゲンビリアは、十八世紀フランスの冒険家で、『世界周航記』を書いたルイ＝アントワーヌ・ド・ブーガンヴィルの名にちなんだものである。一七六六年の暮れ、彼は博物学者ひとり、画家ひとり、天文学者ひとりを引きつれて三本マストの快速軍艦に乗り込み、積荷専用の船を一隻したがえてブルターニュ地方の港ブレストから南米に向かった。ブラジルで、その博物学者フィリベール・コメルソンが発見し、隊長に敬意を表してブーガンヴィレと名付けたのが、装飾品のように色鮮やかなこの花だった。

マゼラン海峡を抜け、タヒチに滞在したあと——タヒチは一七六八年に英国人ウォリスによって「発見」されたばかりだったのだが、ブーガンヴィルは自分が見つけたと信じていた——、ソロモン諸島の島々をめぐって、最も大きな島のひとつに己れの名を冠している。つまり、彼は、花と島というまるで規模の異なるふたつを私有してしまったわけだ。

ところが、『世界周航記』が刊行された直後、『百科全書』の編纂で知られる思想家ドゥニ・ディドロがこの本の植民地主義的な側面に異を唱え、タヒチの老人が自国の植民地化を目論むブーガンヴィルを批判するという主旨のまじめな戯作、

『ブーガンヴィル航海記補遺』を世に問うたのだった。

学部生のとき、仏文科の演習で、その『補遺』の一部を先生に講読していただいた。ペーパーバックの小さな文字を必死で追っているうち、あっというまに季節は春から夏にかわり、冷房もない教室は舞台となる熱帯の島さながらうだるような暑さに襲われて、教室の裏の植栽に群れる蟬の声がむんとした空気をぶるぶる揺り動かした。春にも咲いているはずのブーゲンビリアは、こうして、汗をかきながら読み進めていたテキストの記憶と切り離すことのできない、夏の花になってしまったのである。

花より八ッ橋

かきつばたと言えば、まずはあの『伊勢物語』第九段の、「からころもきつつなれにしつましあればはるばるきぬるたびをしぞおもふ」を思い浮かべる人が少なくないだろう。各句頭に「かきつばた」の五文字を織り込んだことで知られるこの一首は、現在の愛知県知立市にあたる三河国八橋を過ぎたとき業平が詠んだとされている。ずっと着ているとやわらかく身になじんでくる唐の衣のような愛する妻を都に残して、私はなんと遠くまで来てしまったことか。都会人の感慨は、周囲の涙を誘ったという。

いずれをあやめ、かきつばた。あやめは山野に生え、べろりと垂れ下がった花の付け根に黄色と紫のあざやかな虎斑模様がある、まずはそこを見きわめなさい、この模様が文目、すなわち「あやめ」の謂れです。そんなふうにいくら講釈されても、遠目にはなかなか区別ができない。

じつを言えば、小学校の修学旅行で京都に行くまで、「かきつばた」なんて奇妙な音の花は、私の人生には存在していなかった。京都の町を去るときおみやげをどうするかでおおいに悩み、結局、定番中の定番、八ッ橋を選択したのだが、この銘菓の名は通称だから製造元は数社あって、微妙に味がちがう。由来書きによれば、八ッ橋の誕生にはふたつの説があった。ひとつは先の業平の歌にちなむというもの、もうひとつは江戸時代初期、つまり十七世紀の箏曲家八橋検校の死を悼んだというもので、お菓子が琴のかたちをしているのもそのためだとされている。欲張りなことに、ある店の包み紙には、琴とかきつばたの紫色の花が描かれていた。

その包みの意匠を見て、私は即座に、これはあやめだ、と思った。なにしろ幼少の砌《みぎり》から日夜賭け金なしの花札修業で見慣れた絵柄なのだ、誤りようがない。ところが箱書きによれば、これは「かきつばた」なる花らしい。紫のしだれた花弁を支える葉と茎の、流れるような眺め。「あやめ」といったいどこがちがうのか。両者の区別は、店先にならんだ数社の八ッ橋の味の相違を、外見だけで言い当てるのとおなじくらい困難だった。

しかし包みの絵柄が「あやめ」であれ「かきつばた」であれ、私にはもうどうでもよかった。肉桂の香りがすばらしい、あのぱりっとした食感の和菓子が食べられさえすれば、それだけで満足だったのである。

あとづけの色、フクシアの色

翻訳をしていると、みずからの知見の乏しさゆえに理解の届かない箇所が数え切れないほど出てきて天を仰ぎっぱなしになり、首ががちがちに固まってしまう。ものごとの常として、聞いたこともない固有名詞などより、半分以上わかった気でいるのにあと一歩がどうしても詰められない事柄のほうが、始末に悪い。

とくに厄介なのは、色である。それも、花の色。なにかの形状を説明する際、私たちは重要な情報のひとつとして色を添える。もちろん色を重視する場合には、赤い、青い、黄色い、といった大まかな言い方ではなくて、言葉の画素をもっと増やそうとするだろう。手入れの悪い庭の池の端の、ちょっと薄くなった水苔みたいな緑だとか、曇り空の灰に近いけれど、梅雨のさなかではなくて明ける寸前の、でも実際に明けるまではそれが寸前だったとはまるで気がつかなかった夕べの階調だとか、やろうと思えばワインのテイスティングさながら、いくらでもそれらしい形容を重ねることができる。それが面倒なのか、あるいはまた、適度に詩的な感じもするからなのか、物書きはよく、花の名を口にする。繊細そうで、じつはまことに大ざっぱな逃げ道だ。現物を知らなければ、なにも伝わらないからである。

原書や翻訳書のなかでしばしば出会うものに、フクシア色がある。めずらしい花ではない。辞書を引けばかならず説明が出ている。中南米原産、葉は卵形で、萼《がく》は筒形、和風仕立ての発音でホクシャとも、その形状からの連想で釣浮草とも呼ばれている、云々。そして、色はたいてい紫がかった赤のヴァリエーションを指すようで、そのままフクシア色としたり、紫がかった紅色と補足したりする。しかしフクシアとして売られている花々を目にすると、形も色もばらばらなのだ。

言った当人がどの品種を頭に置いているかで、微妙に話が食いちがってしまう。

じつはフクシアそのものが、奇妙な歴史を抱えていた。この花の名は、十六世紀ドイツの植物学者レオンハルト・フックスの名にちなむものだが、発見者は一世紀あとのフランス人植物学者シャルル・プリュミエ。プリュミエが敬意を表した先達フックス自身は、だからフクシアのなんたるかを知らなかったのだ。色の確定ができなくても、しかたのないことだったのである。

蛍光灯の光を追う花

ロシア、アルゼンチン、ウクライナ、中国、ルーマニア、フランス、インド、ハンガリー、ブルガリア、そしてアメリカ。以上は、ある作物の、二〇〇四年における生産高が多かった国々を、上位十番まで挙げたものである。さて、その作物とはなにか？　答えは、ひまわり（『データブック・オブ・ザ・ワールド二〇〇六』、二宮書店）。

原産地は北米と言われているが、インカ帝国の時代にメキシコから運ばれ広まったものである。北米では先住民の手で栽培され、それが十六世紀にスペイン人の手を経て欧州に伝わったとされている。全世界の生産高のうちおよそ六割をヨーロッパ諸国が占めているところが、じつに興味深い。リストの筆頭にあるロシアの生産高は全体の一八・四パーセント。この数字を見て、ヴィットリオ・デ・シーカの映画に登場するあの広大なひまわり畑を想い浮かべる者は少なくないだろう。

畑の作物という以上、ひまわりは観賞用ではない。主たる用途は、種から採取されるオイルだ。ビタミンEが多くふくまれ、不飽和脂肪酸の割合も均衡がとれていて、糖尿病の予防にもよいらしい。蠟にも使われ、種は種で鸚鵡《おうむ》などの鳥の餌にもなるし、焙煎すれば人間でも口にできる。

しかし、私の場合、それはあとづけの知識にすぎなかった。日本でひまわりと言えば、代表的な夏の花だ。ながい休みの日々の、重奏する蟬の声、友だちの呼び声、プールの歓声、盆踊りに花火大会、そしていつまでたっても終わらない宿題。それらのあいだに、丈高い茎が、その上に花がそびえている。向日性の仕組みを理科で習い、種を採取してまた学校菜園で栽培したりすることはあっても、それ以上の知識は当時の子どもたちになかった。そもそも、ひまわりにたくさんの種類があることすら知らなかったのである。だから、大人になってからも、ひまわりの大輪は、つねに「花」でありつづけた。

ところが、冒頭のリストで第六位に位置している国に留学し、自炊道具と食料を一式そろえようとスーパーに入ったら、調味料売り場の一角がおびただしい数の黄色い容器で占拠されていた。ラベルにも見慣れた花が鮮やかに咲いている。料理とあらばいつもサラダオイルに頼っていた無知な学生を、あざわらうでもなく慰めるでもなく、蛍光灯の光を追うプラスチックのひまわり容器の大群が、映画の一場面のように、見えない風にゆらゆらと揺れていた。

さびしききはみ

片仮名で記せば五文字になるその言葉が耳に入ってきたときには、もちろんひと連なりの単語としてだったから、まずは響きだけを心にとどめた。音の印象が強すぎて意味が摑めない呪文のひとつだったと言い換えてもいい。ワレモコウ。なんて不思議な音だろう、と少年時代の私は思った。ワレとモコウで切れるのか、それともワレモとコウで切れるのか。ワレが我、吾、割に当たるとしても、残されたモコウの意味が理解できない。コウがお香のコウだとしたら、龍涎《りゅうぜん》香や安息香の仲間なのか。そもそも、ワレモコウとはなんなのか。

辞典に当たると、花の名前だとすぐに判明した。添えられていた深い紅色の、英国近衛師団の兵士の帽子みたいな毛玉状の花穂の写真が味わい深い。面白いのは、表記の仕方が複数あることだ。自身もまた紅色なりと自己主張する吾亦紅、芳香と苦みをもって健胃生薬となる吾木香、瓜を割いた形に似ている家紋に由来するという割木瓜などが主に用いられている。漢字にはそれぞれ独特の魅力があるので、ひとつだけ選び取るのは不可能だ。中立を保つなら、やはり片仮名表記でごまかすのが望ましい。

実物を見たのは、花屋ではなく市民ギャラリーとでもいうべき場所で催されていた、愛好家によるいけばな展でのこと。そのときの表記は、漢字で吾木香。ずっとのち、若山牧水の「吾木香すすきかるかや秋草のさびしききはみ君におくらむ」の一首を知ってからは、頭のなかでワレモコウはつねに吾木香と変換されている。牧水の言葉を借りると、秋の花としての吾木香は、「寂びた様で、おもひのほかにつやゝか」であり、「故あつて髪をおろした貴人の若い僧形といつたところがある」(「秋草と虫の音」『日本の名随筆94 草』)という。

なるほど読んで字のごとく、ぽつんと単体でその存在を示し、吾を、自我を押し出しているように見えなくもない。しかしまた、下卑たところも、自己主張が空回りしているところもない。吾木香にはたしかに貴人のやさしさと若い僧のストイシズムがある。もうひとこと付け加えるなら、いまにも崩れそうな弱さもあるのではないか。「さびしききはみ」を受け止めて頭を垂れながら、この花は秋をひそやかに生きる。

重力に抗する崖や石蕗の花

夏が終わり、残暑も無事に乗り越えて、今年も余すところ、なんぞとつい心が後ろ向きになる頃、石蕗《つわぶき》の黄色い花が目につくようになる。石の蕗とは、またなんと滋味深い文字の組み合わせであることか。ただし、蕗といっても似ているのは葉のかたちだけで、実際の花は菊に近い。ものの本によれば、「艶《つや》やかな蕗」が詰まって「つやぶき」になり、さらにそれが「つわぶき」になったというのだが、たしかにこの花の葉は、陽光のもとでながめても、重く冷たい雨に打たれたあとで向きあっても、じつに艶やかだと思う。

どこにでも咲く雑草を思わせる飾り気のなさと、黄色い風車のような花の軽やかさの、ほどよい調和。そういう花を咲かせるのにどんな場所がふさわしいかを、私はしばしば夢想してみる。丈夫そうな品種だし、時期がくれば気楽に指さすことができるのだろうが、いざ頭のなかで「つわぶき」、もしくは「つわのはな」というたおやかな音を響かせてみると、そこそこの品格も感じられるうえに、花全体の質実なたたずまいがその品のよさと相反していることも明白なので、適切な舞台設定はますます困難になる。

それでも、あえてひとつ挙げてみろと言われたら、私はおそらく、崖の上、と応えるだろう。これは個人的な体験から来ているものではなくて、夏目漱石の『明暗』による虚構のすり込みである。作中、主人公の津田が、温泉に浸かって身体を休めながら窓越しに崖の上を眺める場面があって、そこにこんな一節があるのだ。

崖の上には石蕗《つわ》があつた。生憎其所に朝日が射してゐないので、時々風に揺れる硬く光つた葉の色が、如何にも寒さうに見えた。山茶花の花の散つて行く様も湯壺から眺められた。けれども景色は断片的であつた。

朝日が射していないにもかかわらず、石蕗の葉が「硬く光つ」ていることを、津田は見逃さない。陽光の助けを借りない強さと、いかにも寒々とした表情をさらしてしまう弱さとを、漱石はほんのわずかな言葉で表現している。津田という男の心象が、石蕗のたたずまいにすうっと重なっていくような、巧みな筆さばきだ。おなじ崖には山茶花もならんでいるから、季語としての石蕗が示しているとおり、大気はもう冬に移行しつつある。湯気を透かして感じられる崖の上の冷気のなかで、重力に抗して咲く。それが石蕗の理想ではないだろうか。

みすぼらしい杖のようなもの

椿の花でよく見かけるのは、赤か白。赤の場合は真っ赤ではなく微妙にピンクが混じっているから、陽射しの下で出会うと、あでやかで、しかも若々しい印象を受けるし、白はたしかに清楚だけれど、ぽとりと首がもげるように落ちる花弁じたいが厚ぼったくて肉感があるので、完全に色気がないともいえない。どちらにしてもなかなかに官能的な花なのだ。ただ、椿というと、私は花よりも先に、葉の緑を連想する。光沢のある緑のかたまりとして椿はこちらの目に迫り、点々と散る花の存在に気づかされるのは、いつもそのあとになる。

なぜそんなことになったのか、原因は、はっきりしている。新美南吉の童話、

「牛をつないだ椿の木」の影響だ。

山道の途中に、一本の椿の若木があった。牛曳きの利助さんと人力曳きの海蔵さんがそこで立ち止まり、利助さんは牛をつなぎ、海蔵さんは人力車を残して、ふたりで山に入っていく。一町ほど離れたところにある湧き水で、喉を潤すためである。ところが泉から戻ってくると、一帯を所有している大地主が待ちかまえていて、この牛はだれのものだ、と大変な剣幕でまくしたてた。椿のやわらかい葉が牛にすっかりむしりとられ、「みすぼらしい杖のようなもの」があるばかりだったからだ。地主は、どう謝っても許してくれなかった。

山道をたどってくると、だれもが椿のあたりでかならず喉の渇きをおぼえる。道端に井戸があれば、どんなに楽なことか。その後、海蔵さんは、井戸掘りにどのくらいの費用がかかるかを知って、採掘のための援助金を募りはじめるのだがうまくいかず、結局、自分の手でなんとかしようと決意する。二年のあいだこつこつと努力を重ね、「牛が葉をたべてしまった椿にも、花が三つ四つ咲いたじぶん」に、とうとう目的を達する。

　ここに咲いている椿の花が何色だったのか、作者は説明していない。そもそも、物語を動かすためだけなら椿でなくてもいいのでは、と思う向きもあるだろう。しかし、一読すると、山道にあるべき木は、どうしても椿でしかありえなくなる。色鮮やかな花の咲く椿ではなく、やわらかい葉があるだけの、若い椿の木。いずれ咲くべき不在の花が鮮やかに立ちあがり、むなしく消えるのだ。

　海蔵さんはその後、無意味な戦にかり出されて、ついに帰らなかったという。

神の火

ピラカンサは変貌する。春に咲く白い小花の可憐さを愛でた者は、秋から冬にかけて出現する豊かな実の房の爆裂を、そのつど驚きをもって迎え入れるだろう。柿色の照り返りもうつくしいけれど、やはりピラカンサは赤に尽きる。濃い緑の葉と燃えあがる赤の組み合わせの平凡さを、なにかとくべつな勢いをもってこの花は超え出ていく。炎が粒になって固く締まり、熱を持ちながらそれを外に出さずに冷たく控えている魔法の花。にもかかわらず、ぜんたいとしては鮮やかな、この世ならぬ炎となって、寒い季節に行き場を失った私たちの目を引きつける。

炎のイメージは、ピロスというギリシア語のなかにもう刻まれているのだが、その下に来るアカンサは棘を意味する。生け垣によく使われるのは、侵入者を防ぐ棘があるからだ。炎で誘い、棘で追い払う。近寄りがたい魅力と言うべきだろうか。

燃える棘で思い出されるのは、『旧約聖書』の「出エジプト記」（三章二節）の一場面だ。羊飼いモーセは、妻の父、祭司エテロの羊たちを連れて神の山ホレブへとやってくる。

ヱホバの使者《つかひ》棘《しば》の裏《なか》の火焔《ほのほ》の中《うち》にて彼にあらはる彼見るに棘《しば》火に燃《もゆ》れどもその棘焼《やけ》ず　モーセいひけるは我ゆきてこの大《おほい》なる観《みもの》を見何故に棘の燃たえざるかを見ん　ヱホバ彼がきたり観んとするを見たまふ即ち神棘の中よりモーセよモーセよと彼をよびたまひければ我こゝにありといふに……

ご覧のとおり、文語訳では「棘」に「しば」とルビが振られている。これを

「芝」と表記したら、聖書的な解釈ではなく字面において、その崇高さが一挙に薄れてしまうだろう。燃えているのに燃えない炎とは、まさしくピラカンサを形容するにふさわしい表現だ。

以前、仏語訳の聖書で「出エジプト記」を読んでいたとき、右の箇所で虚を衝かれた。そこには《le buisson ardent》と記されていたからだ。「ビュイッソン」は藪、もしくは灌木の茂み。「アルダン」は「火のように熱い」という形容詞だ。これを短いハイフンで結び、複合語にすると、まさにピラカンサになるのである。だとすれば、モーセが見た炎は何色だったのか？　赤、それとも黄色？　おそらく神の火は、双方を融合して岩山の灌木を聖地に変えたのだろう。そしてその火が燃えあがる実となって、年の瀬の冷えた心をあたたかく照らし出すのだ。

Ⅲ

雲水のあいだを走る

その山は、まず行楽の場だった。毎春、桜の季節になると山上の公園に集って花見をしながら、三軒ほどある茶屋で五平餅や田楽を食べて遊ぶ。公園の裏手には深い木々に囲まれた坂道と急な石段があって、表の喧噪とはまるで無縁の、しんと静まりかえった世界に通じていることも漠然と聞き知ってはいた。

山の麓の高校に通うことになった私は、少し怖くもあった例の小径を部活動のトレーニングの場として利用するようになっていた。他の部の面々も定期的にやってきては、折れ曲がりながらつづいていく石段の下から上へダッシュを繰り返したり、仲間を背負って頂上までのぼったりと、ほとんど合理性の感じられないおなじみの練習に励んでいたのだが、私たちの集まりは極端に自由で、かつ適度にだらけていたから、そういう意味のない負荷をかけることはせず、学校の周辺をただ黙々と走っていた。単独で走ることもあったけれど、たいていは仲間たちといっしょで、陽の入らない体育館に閉じ込められたあとには、それが逆に息抜きにもなった。

校門を出て国道のわきを走り、走行車線のない市道に折れてしばらく山腹の道路を走る。左手の木立ちの向こうはかなりの崖になっていて、底を流れる川の水がきらきらと光った。山を越え、橋を渡り、また上り坂をたどっていくと、こんもりした緑のあいだから竹林の間を抜ける砂利道が見えてくる。小石に足を取られないよう注意を払いながら下っていくうち、道は川面とおなじくらいの高さになって、いつのまにか水音を背中に浴びながらひなびた山門をくぐっていた。臨済宗南禅寺派、十四世紀初頭に夢窓疎石が開創した、虎渓山永保寺の山門である。

つまり、部活動の一環としてのランニングコースの、最後の難所に当たるのが、永保寺の裏門から公園までのぼっていく長い石段だったのだ。当然だが、十代の若者たちのなかに、この古刹の美しさに注意を払う者はいなかった。境内に配された観音堂、開山堂、本堂の、反り返った檜皮《ひわだ》葺きの屋根、臥龍池にかかる無際《むさい》橋《きょう》が水面に描く弧のシルエット、正和二年（一三一三）に植えられたという樹齢七百年近い大銀杏の偉容。人は身近な美に気づかない。あるいは、気づこうとしない。地元の高校生がそんなところに立ち止まったりしたら、夢窓ならぬ夢想家だと揶揄されるに決まっている。だから景色はないものとして、前ばかり見ていた。ありがたいことに、竹箒で境内を浄める雲水たちは、薄汚れたジャージで走り抜けていく高校生どもの姿を認めても、なにひとつ文句を言わなかった。元来ここは夢窓国師を慕ってきた者たちの修行の場なのだ。座禅のようにじっとしているわけではないにせよ、走ることも行のひとつだと見なしてくれていたのだろう。

二年生のときだったか、部活動のない梅雨の午後、図書館で偶然、立原正秋の『日本の庭』（新潮社、一九七七年）を開いた。何冊か小説を読んだことのある書き手だったので何気なく手をのばしたのだが、頁を開いたら、いつも走りながら横目で見ている永保寺の懸崖飛瀑の写真が飛び出してきた。軽い驚きのなかで、私は「夢窓疎石」と題された一章を読み、庇護を受けていた後醍醐天皇の死後、帝を追い詰めた足利の側にまわって天龍寺を開いた国師の「苦衷」を指摘する歯切れのいい小説家の言葉を聞いた。そしてまた、国師にとって、この永保寺の頃が、名利を避け通すための、純粋な夢の時代であったと見なしうることも教えられたのである。

この地に夢窓疎石と元翁本元《げんのうほんげん》を招いたのは土岐頼貞。清和源氏の流れを汲む頼貞の母は北条貞時の娘だったから、若い頃の頼貞は鎌倉で過ごすことが多く、夢窓疎石ともそこで親交を結んだ。その国師が現在の場所に観音堂を建立したのは、一三一四年のことである。二〇〇二年九月、永保寺は大火に見舞われ、庫裡と大玄関と本堂が全焼した。幸いにも開山堂と観音堂は無傷で残り、庫裡は再建されたのだが、かつて雲水たちの間を走りながら見ていた光景は、もう永久に失われてしまったのである。*

*本堂及び大玄関も再建された。二〇一一年四月に竣工。

頑なに守るもの

墨守するという言葉の定義には、どこか負のにおいがまとわりついている。『広辞苑』第六版には「古い習慣や自説を固く守りつづけること。融通がきかないこと」とあって、その前に「墨子がよく城を守った故事から」と括弧付きの補足があるものの、故事の細部と当時の文脈における意義を知らなければ、頑迷固陋とおなじような意味合いで処理されてしまいかねない。

故事のたぐいは使う人間の立場や文脈に応じて調整され、元のかたちから離れて使われることのほうが多いので、原義を云々するのはむしろ心が狭いような気もする。とはいえ、他国に軍隊を派遣するしないの議論がなされた際、時の責任者が墨子の他の一節を都合よく引用していた事例を思い浮かべればわかるように、侵略戦争に反対しつつ独自の武装集団を組織するという一見相容れない立場の思想家の仕事を全的に理解したうえで語るのならともかく、その時々の風向きにあわせて一部を利用することにはやはり危険が伴う。それは頭に入れておかなければならない。

全体の一部を引いてくる作業は、批評である。そこから全体にさかのぼり、引用の仕方がじつは恣意的なものであったと示すのもまた、批評の仕事のひとつだ。ただし、あいだに外国語という迂回路を設けると、引用にあたって慎重に対処していた当初の姿勢が崩れはじめ、差し出されてしまった距離を距離として残さざるを得ない事態になる。私の場合、墨子は墨子としていきなり入ってきたのではなく、そのドイツ語訳を読んだブレヒトと、ブレヒトの仕事を介して墨子に近づいた長谷川四郎による読解によって体内に取り込まれてきたせいか、「故事」の由来を正確にたどるというよりも、それぞれの読み手の視点と物書きとしての色づけを楽しむ方向に傾いてしまうようである。

ブレヒトが墨子の言葉をなぞり、ふくらませ、独自に読み替えた断章や寓話のような散文で構成しようと考えていた『転換の書』は、生前、完成形での刊行に到らず、ようやく一九六五年になって編集版が世に出された。一九三〇年代から四〇年代にかけての、ブレヒト自身の亡命時代をふくむ出来事を素材にしているため、政治的・社会的な暗示が多い。日本語訳（石黒英雄・内藤猛訳）には、ブレヒトが参照した当時のドイツ語訳にちなんで、墨子の音である「メ・ティ」の一語が添えられている。先の引用の法則めいたものに従うなら、原材料になっているかもしれない墨子の言葉を探りたくなるのが素直な反応なのだろうが、ブレヒトのメ・ティはやはり墨子その人ではなく、あくまで墨子を読んだブレヒトの創造と見なすべきだろう。

メ・ティはいった――役に立たないという誇りが、役に立つという誇りよ

りも多くみられる。少数派に属するという誇りは、役に立たないものに属するという誇りにほかならない。(一三六番)

逆説的な書き方である。誇りは言い訳と同義にもなりうるし、自分が役立たずであると公言する際に働くのは、それこそ役立たずのエリート主義でもあるのだから。じっさい、おなじ断章の、一行空きの後半には、それが芸術になぞらえて説明されている。

音楽や絵画の巨匠たちは、だれにもできないことをなしえたのを誇らしく感じたにちがいなかろう、と多くのひとはかんがえた。しかし、わたしが思うに、とメ・ティはいった——すぐれた巨匠たちは、人類がそのようなことをなしうることに誇りを抱いていたのである、と。

一般的に言って、人智を越えた災厄に見舞われたときには、巨匠か否かはべつとして、また個々の仕事の質は問われないままに、芸術の無力といった言い方が盛んになされる。周りの人間のみならず、それに携わっている当事者たちからも、同様の言葉が出てくる。役に立たないことの誇りどころか、罪の意識に似たものに苛まれてしまう。

自分にできることはなんなのか、できないことはなんなのかを見極めて、絵画や音楽や文学の世界に足場を組み直そうとするのは、けっして役に立たない愚行ではない。融通のきかなさは、役に立たないこととちがうのである。むしろそのような足場を「非攻」のなかで貫き通すことにこそ価値があり、墨守と呼ばれるべき姿勢ではないだろうか。

輪になって重なる時間

何年かぶりで古い北欧の家具を扱う店に入ってみた。壁紙がきれいに剝がされ、コンクリートの肌合いと灰に近い色が基調になっている店内は、まるで海外の写真集の一頁をそのまま抜き出したかのようなたたずまいである。天井板を取り払って高さを確保し、むきだしの空調や排水の管は白いペンキで塗装する。電気配線もプラスチックではなく金属管を通して、姿のよい輸入物のコンセントで回路を閉じる。家具を日焼けから守るため、大きなガラス窓に掛けられたブラインドで光が整えられ、優雅なペンダントライトには最低限の明かりしか灯されていない。にもかかわらず、蜜蠟で丹念に磨かれた、指紋ひとつついていない家具類は、鏡面のような輝きを放っている。

海を越えて運ばれてきた、一九五〇年代から七〇年代までの異郷の時間。専門職人の手で補修がなされているとけいえ、なにか詐術を使ったのではないかと思われるほど、ここには完璧な現在がある。姿形もほどよいサイズも、日常の使用に耐えるものばかりだ。都市全体がこの種のデザインや色遣いに統御されている本国から書き割りのように抜き出された店内を覆っていたのは、しかし、時の堆積よりも拡散の雰囲気だった。ゆるさではなく、薄さである。そこに置かれているだけで空間に溶け込み、空間を支配してしまう、彫刻の働きを持つ家具としてのすばらしさは否定しない。がらんとした空間に、こんな机やテーブルがひとつだけあってひっそり息をしていたら、どれほどうつくしいだろう。

けれど、現実にそこで仕事をしようとすれば、重い鋏やペーパーウエイト、尖ったクリップなどは傷をつけるから気楽に使えず、下部に熱を発する機器やコーヒーカップなども変色や染みの原因になるので原則御法度になる。食事をするには、テーブルを保護するシートをまず敷いてそのうえにテーブルクロスをかけるなど、一手間以上かけなければならない。ふだん収納代わりにあれこれ積みあげてあるテーブルで、こういう気遣いを持続させるのは不可能だ。家具を主役にして、彼らをいかに輝かせるかを考えなければ、過去を現在として利用することはできないのである。

なにもこれは北欧家具にかぎった話ではない。手入れの必要な古い物を前にすればみな、そこにこめられた時間の再利用に際してかなり気を遣うし、彼らを生かし切るには、その一点ではなく全体のしつらいをも考慮する必要がある。家具と家具のあいだの動線は、かなりの緊迫感をもって引かなければならない。ほんのわずかな擦り傷、打ち傷をつけただけで、そこにあるすべてのモノたちが相互に引き合う力が消えてしまうからである。逆に言えば、いつでも写真撮影ができるような店に通っている人々は、こうした微妙な息苦しさに惹かれているのかもしれない。

とはいえ、過去の時間を手元に引き寄せるに際して、その種の息苦しさやこわばりは、むしろ悪い方向に働くのではないか。日々の暮らしの道具に入り込んだ過去は、無理に現代にあわせなくても、ふだんの暮らしのなかでもっと気楽に使ってやったほうがいい。テーブルならテーブルの表面を熱で変色させたり、お茶やコーヒーで輪染みをつくったり、カッターで傷をつけたり、落書きをしたりしながら、私たちは時間を積みあげていくのである。時の輪染みはついて当然の痕跡なのだから、むしろそれらをいくつも重ねてやることによって、テーブルの表面のみならず空間そのものが熟すのだ。

ここで思い出すのは、ジャンニ・ベレンゴ・ガルディンが撮影した、ジョルジョ・モランディのアトリエの写真である。ありふれた壺や壜が、然るべき場所に、然るべき計算に基づいて配置されている。華美なところは徹底して排除され、生活が創作に直結している人だけに許されたなんとも言えない緊迫感が部屋中にみなぎっていて、一分の隙もない。ところが、モランディが絵の対象をならべた聖なるテーブルには、位置決めのためにつけられた、おびただしい鉛筆の線が引かれているのだ。創作の時が、生活の時に輪となって重なる。過去はそこで、まぎれもない現在と厳しい円環をなして振り返ることを許さず、私たちの目の前に、手に触れられるものとして存在しているのだ。

知ってしまった私たち

知られざる傑作、あるいは幻の名品。惹句としては、どちらも音声的、視覚的にすっきり締まっていて口にしやすく、使えばそれなりに収まりがいいのだが、表現範囲に重複するところがあるからか、混同されることもないわけではない。もっとも、少し考えてみればわかるように、どんな分野においても、これは使い手が試される表現である。

前者においては、まずだれがそれを「知られざる」ものと判定したのかを明確にしなければならない。すべての人がその存在に気づかず、かつて存在しなかったことを認めているものなら、未知の、なにかの「新発見」と記しておけばいいだろう。私たちの身のまわりには、あるということすら想定されていなかった物質が無限に眠っている。事物を在らしめるのは私たちの認識であって、それを通過して人智に取り込まないかぎり、ものごとは「存在」しない。同様に、認識の数だけ「存在」も数を増していくのである。

だから「知られざる」状態とは、まったくの未知ではなく、限られた者だけが知っていて、他の大多数にとっては未知のままだったことを示しているにすぎず、大袈裟に言えば、それが知れ渡っていないのは、「知られざる」と断定しうる知識と感性と度量のあるこちらが広める努力を怠っていたというより、知らないことを知らずにいた側の蒙昧に原因があるとでも言いたげな、どこか上位に立つ気持ちが働いていることも否定できない。

そもそも、「知られざる凡作」を語る必要がどこにあるだろうか。なすべきことは、他の人々が見逃していた作品に光を当て、新しい価値を付与し、ひとりでも多くの人に魅力を伝えることであり、対外的に「知られざることを知っている少数派の批評眼」をもって無を有に変え、凡作を傑作に格上げすることなのだから。

ならばその「少数派」のうちの、いったいだれが最初に「傑作」と認定したのか。「知られざる傑作」という言葉に頼る者は、発見者の才能をあてにして、批評行為の最初の一歩にかかる重みを体験しないまま、既存の情報をひとつの権威の言葉として右から左に流す危険に陥りかねない。どこが傑作であり、どこをどう解釈すればそのような見方になるのかを示すのは、また、傑作ともてはやされた作品のどこが事実に反するのかを明らかにするのはきわめて重要な仕事だが、「知られざる傑作」を批判するのではなく称揚するべくその魅力を不特定多数の第三者に「言葉を用いて」訴えるなら、傑作の意義を納得するだけに留まらず、その作品を前にして自分のなかのなにが変化し、なにが豊かになったのかを理解したうえでそれに対する感謝の気持ちをも記さないかぎり、紹介としての体をなさないだろう。自分自身の批評眼と感性のあり方を担保にしているからこそ、

「知られざる」の使い方には困難がともなうのである。

「幻の名品」といった場合にも、同様の危険性が潜んでいる。なぜそれが幻だと言い切れるのか。たとえば、かつて名品として鑑賞されていた作品が行方不明になり、数十年後、数百年後に発見されたような歴史があるなら、その経緯をきちんと追ったうえで、名品の名品たる所以について委曲を尽くした解説が必要になる。だれがどんな美意識と覚悟をもってそれを名品と呼んだのか、最大の負荷がかかる発見者や、凡作の商標を敢然と剝がして新しい評価を与えた人物への感謝と敬意のかけらもなく、名品と呼ばれるものを当たり前のように信じてその来歴を述べるだけでは、言葉で表現することにはならない。「幻の傑作」だの「知られざる名品」だのとさまざまに言い換えたところで事情は変わらないだろう。そのような言い回しをかかげてなにかを語るにあたっては、対象となる作品を闇のなかから掘りだし、評価を与えるまでの苦しみと喜びを、語り手もまた共有しなければならないのだ。

しかし、情けないことに、右のような話がまったくの理想にすぎないことも、私たちは痛いほどわかっている。惹句にいくら難癖をつけても、「本物」や「現物」の力は、ときに説教くさい言葉を超えるのだ。判定の言辞を生涯使いこなせなかったとしても、現物を観、読み、聴く愉しみは残る。悲しいかな、中途半端に「知ってしまった」私たちにできるのは、もうそれしかないのかもしれない。

私たちの知らないものばかり

においは空気がなければ伝わらない、だから真空の宇宙空間では、においなど存在しないと私たちは理科の授業で教えられた。宇宙船の内部には清浄機が稼働していて空気の流れもできているのだが、無重力だから拡散しないで、においは塊になって動く。しかし船外の、素の宇宙空間のにおいは、まだだれも嗅いだことがない。宇宙服なしで羊水に漂う胎児のごとく闇に浮かぶことが不可能である以上、人間の鼻孔から直接宇宙の芳香を吸い取り、肺に送り込むことはできないわけである。

しかし、虚構の世界でならそれは許される。ジャマロ・バンブルリリイという巨大な蛾に乗ってドリトル先生の一行がやってきた月世界には、「新しい空気」があった。月と地球のあいだの真空地帯では「月のツリガネソウ」と呼ばれる大きなオレンジ色の花の「におい（またはガスのようなもの）」を吸って命を繋いできた。無事着陸した月面はそよ風が吹いて温度の変化も少なく、とても住み心地のいいことがわかった。空気があるから、においもある。

においの種類はずいぶん多いようでした。たいていは気持のいい花のにおいですが、それがゆく手にそびえる山の向こうから、風にのって、ただよってくるのです。ときには、よいにおいにまじって、たいへんいやなにおいのしてくることもありました。しかし、どちらにしても、そういうにおいは、みんな私たちの知らないものばかりでした。

（ヒュー・ロフティング、井伏鱒二訳『ドリトル先生月へゆく』岩波少年文庫）

ジュール・ヴェルヌの『月世界旅行』第一部の刊行が一八六五年。それに触発されたメリエスの映画『月世界旅行』が一九〇二年。大砲で打ち上げられた宇宙船で月に降り立った紳士たちは、ステッキがわりの傘を手に歩きまわり、苦しむ気配もない。大量の雪も降るし、穴のなかには月人が暮らしている。ロフティングがこの映画を観ていたかどうかはわからないけれど、原作が発表された一九二八年の段階で、空気もにおいも森も湖もある月に、ドリトル先生のみならず、少年秘書のトーマス・スタビンズ、オウムのポリネシア、サルのチーチーも同行させ、機敏なチーチーの力を借りて水と食料を調達するという破天荒な展開を許しているところにかえって凄みがある。ドリトル先生は月世界から呼ばれて出かけているので自発的な行動ではないのだが、いくら子ども向けに書かれたとはいえ、宇宙空間でにおいを漂わせるなんてかなり大胆なことではあるまいか。

ドリトル先生は動物語の達人だが、月では植物の力を借りるために植物語の研究に没頭し、高度に進化した「おしゃれのユリ」との出会いを通じて、「幾種類ものにおいを自由自在に出せる」ユリの花の秘密を知ることになる。彼女たちはお望みとあらばいやなにおいを発することもできて、事実、ドリトル先生に頼まれて発したそのにおいでチーチーを気絶させてしまう。到着直後に一行が嗅ぎとった複雑なにおいは、この特殊なユリたちが群生する沼地から流れていたもので、最初に香りの源へと向かい、秘密を解き明かしたことが、彼らを先に進める結果となったのである。

月世界には王様がいた。かつて地球にいた神話的な大男で、植物や動物たちを統治していた。月の生きものたちの病気や、自分自身の足の痛みに苦しんでいた王様は、地球の山の爆発で飛ばされてきたカワセミからドリトル先生の名声を聞きつけ、迎えにやらせたのである。

メリエスの映画から半世紀以上が経過して制作された宇宙探検譚的な作品のなかにも、未知の世界に「呼ばれて」いく展開があった。月面に立てられた奇妙な石板や、遠い星雲から届いたかすかな救難信号に誘い出されて、地球人はみずからを地球人と呼ぶために不可欠な地球外生物を求めて外に出る。このとき、謎の存在に呼ばれたり、また呼び寄せたりするための方途が、電波でも光でもニュートリノでもなくにおいや香りだったら、どんなにすばらしいことか。

知っている事柄の確認はもういい。「私たちにないものばかり」に手を伸ばすには、ドリトル先生的な純粋な好奇心と、生きものとしての謙虚さが必要になる。においは自分の身を護るためだけにあるのではなく、他者の存在を認め、惹きつけるための関係性の構築としてのみ存在する、不可視の煙なのだから。

既知を恐れる

知性を欠いた直観はひとつの事故である、とポール・ヴァレリーは書いている。一八七一年、南仏セットに生まれたヴァレリーは、マラルメに魅せられて象徴派的な詩を書いていた文学青年だったが、九二年、ジェノヴァの夜と呼ばれる、ほとんど転身とも言っていい危機的な方向転換を体験したのち、詩作や正確さを欠いた言辞を棄てて、精神の働きのみを信じる生活に入った。そして、モンペリエからパリに上京し、九五年に『レオナルド・ダ・ヴィンチ方法序説』を、九六年に『テスト氏との一夜』を発表したあと、二十年に及ぶ長い沈黙をみずからに課した。

なにもしていなかったわけではない。毎朝、後年『カイエ』として知られるようになった膨大な思索ノートをつけていたのである。一九一七年に『若きパルク』で突如詩人としての復活を遂げてからも、真の活動は、ありとあらゆる知性に基づく直観を投げ入れたこのノートにあった。とりわけ目に付くのは科学や数学への言及で、ヴァレリーはアインシュタインの相対性理論をもいち早くその知性の網に捉えていた。分析、整理、統合、そして解体を繰り返す日々の持続は、たしかに知の基盤に支えられていたのである。

ただし、ヴァレリー自身も繰り返しているとおり、緻密な計算によって世界を見定めた科学をさらに高い次元へと推し進めてきたのは、じつは計算の外に存在する、ほとんど偶然といってもいい事件の数々だった。思わぬ結果が既製の器からこぼれ出て、それがべつの出発点となる。こぼれ幸とも言える結果をしかと受け止め、取り込んでいくのもまた知の働きなのだ。

冒頭に引いた一文を、私は学生時代に、早稲田通りの古本屋で買った『テル・

ケル』の文庫版で知った。イデー叢書の青っぽい表紙の版で、百五十円だったことを覚えている。その頃仏文科の授業でバシュラールの『空間の詩学』を講読していて、「内心の広大さ」と題された第八章の、科学的な直観と夢想が心地よい受け身のなかで雪だるまのようにふくらんでいくさまを追っていたせいか、ヴァレリーの言葉に潜む逆説がひどく気になった。

まったく無防備で、空手形のままふらふらしている状態にいるとき、受動的に突発するのがアクシデントだと言っただけでは否定的な言い方に聞こえてしまうのだが、このアクシデントの偶然性にも知性が関与しているとヴァレリーは言いたいのだろう。起こるはずもなさそうなことがらを待ち望むのではなく、事故ではない積極的な偶然を知性によって保証し、導き入れること。知性はたえず既知の枠からはみ出す瞬間を、不意打ちを待っている。思いがけない間合いでやってくるなにかを受け止める必然こそが知性だとすれば、これはもう感性とおなじではないか、と若かった私は納得していたものだ。

ヴァレリーはまた、こうも言っていた。「私は未知のもの以上に既知のものを恐れる」（拙訳、以下同）。事故は未知の領域に属し、ヴァレリー的偶然はそれを待ち構えているという一点において既知でもあり、まだ生起していないという点においては未知に属している。未知は外部にあるのではなく、内部にあるのだ。ヴァレリーの知性は、だからまた、ひたすら均質で整合された形象を求める一方で、激しさを、過剰さを求める。その過剰さが積極的な偶然を呼び込んで、「驚き」を用意してくれる。内側に目を向けるために必要なエネルギーは相当なものだ。

べつの箴言でヴァレリーはなおも言う。「濫用されない権力は魅力を失う」。権力を知性に置き換えるのはいささか乱暴だが、「濫用のない知性」と口に出したとたん、それは一挙に肯定的な意味を帯びる。知性が飽和したときの熱量は、事故に形のうえでは似ていながら、まったく異なる「驚き」を産み出すのだ。ヴァレリーが芸術に対して抱いているある種の偶然賛美というのも、じつのところ、このような「驚き」が多くの地歩を占めているからではないか。

心を揺さぶり、転回点を生んでいくのは、じつはこの「驚き」に対する反応だ。知の濫用が必然としてのアクシデントを招き入れ、新鮮な「驚き」を持続させる。想定の範囲内に収まるような物語や筋書きとは異なる次元で言葉を紡ぎ、既知を恐れて生きることによってしか、内なる転身を保つことはできないだろう。

世界の複数性を守り切れなかった人

地球は世界の中心ではなく、ひとつの惑星にすぎない。また、すべての惑星は自転しながら恒星の周囲を回っている。天蓋が移動するかわりに地球じたいが回転し、一年かけて太陽の周囲を巡っていると考えれば、古くからある天文学の矛盾はきれいに解決できる。こんなふうにコペルニクスの説を受け入れながら、「自然学」などなにも知らない、けれどとても頭の回転の速い侯爵夫人を相手にわかりやすい喩えをまじえて最新の天文学を語ってみせたのは、一六八六年に刊行された『世界の複数性についての対話』の著者、ベルナール・ル・ボヴィエ・ド・フォントネルだった。

一六五七年、ルーアンに生まれ、一七五七年にパリで亡くなったフォントネルは、生没年から明らかなように、ちょうど一世紀の寿命をじつに微妙な時期に得て、古典主義時代の薫陶を受けつつ啓蒙主義時代にも足を突っ込んだ、いわば「はざま」の哲学者である。コペルニクスは惑星の運動そのものを明快に解き明かしてくれたが、なぜそれが太陽のまわりを周回するのかについては、じゅうぶんな説明を用意していない。フォントネルは、ニュートンの万有引力の発見を知りつつも、「引力」というだれの目にも見えない要素を中世スコラ自然学の「隠れた性質」に重ね合わせていたため、原因不明の不可視の力を中心に論を組み立てることだけは承諾できなかった。そのため、物質の大きさと形と運動をもって、世の現象のすべては機械的に解明しうるという、デカルトの「渦動説」を支持した。上記の対話で語られているのは、宇宙にはエーテル状の物質が満ちており、それが渦状に動いて、天体はその秩序のもとで回転するとしたデカルトの学説である。

フォントネルはイエズス会のコレージュを出てから高等法院付きの弁護士だった父親のあとを追って弁護士になるのだが、法廷に立ったのは一度だけで、母方の伯父で劇作家のトマ・コルネイユ――ピエール・コルネイユではない――を頼って文学の道を志した。パリで重ねた詩作や劇作はあまり芽が出ず、とくに劇作はラシーヌに揶揄されるほど華々しい失敗に終わったものの、やがてフォントネルは科学と文学を結びつける啓蒙的な作品に活路を見出していく。侯爵夫人との架空の対話は、地球が唯一無二の天体でないことを前提とするもので、神の存在を信じて疑わない人々から睨まれながらも、ヨーロッパ諸語に訳されて大変な成功を収めた。

フォントネルの思想は、壮年から晩年まであまり変化がない。考え方の核は早い時期にできあがっていて、あとは経験の深みを添えるだけだった。彼の最大の特徴は、理の力を認めながらもそれを絶対視しない、懐疑に基づく叡智にある。一六六六年に創設された王立科学アカデミーの終身秘書を務め、最新の科学情報に触れていたにもかかわらず、理性の働きに感情や想像力が大きな役割を果たしていることを彼は疑わなかった。人の愚かさを認め、必要不可欠な誤謬と呼ぶべき過ちと想像力があってこそ理は輝く。そう信じていたのである。デカルトもフォントネルもニュートンも、おなじ天を見て、ちがうことを考えた。世界の「複数性」はもうそこで証明されているといってもいいのだろう。

聡明だが鋭利な知性を武器にすることはなく、人間の凡庸さや愚かさを無碍にけなさず、優秀さを過度に持ちあげもしなかったフォントネルは、深くも浅くもならないよう言葉を抑制することで、社交界においても座談の名手として人気を博した。当意即妙の返答をしつつ、冷徹な印象を与えるほど本心を明かさなかった中庸の人。おまけに大食漢としても知られていて、印象的な逸話も少なくない。

たとえばフォントネルはアスパラガスが大好物で、旬になると毎日食べていた。ある日、おなじくアスパラガス好きの友人がやってきて夕食を共にしたのだが、フォントネルはバター炒めを、友人は油炒めを好んだため、料理人には半々で用意するよう命じた。ところが給仕がはじまるとすぐ友人は気分が悪くなって他室で休むことになった。フォントネルはすかさず厨房に顔を出し、落ち着いた口調で、こうなった以上は、全部バター炒めにしてくれと頼んだという。

世界の複数性を謳った哲学者も、ことアスパラガスに関しては中庸の道を守ることができなかったのである。

完璧なダンディスム

経験と知識の不足は、双方を持っている人の言動をしばしば必要以上に美化する。身近な兄姉から少し距離のあるおじやおば、年上のいとこ、友だち、先輩、先生、上司などといったふうに、年齢が上でそのぶんものを知っているという人に対する無邪気な憧れが、自分自身を高めるためになにをすべきかを考えるうえで、ひとつの指針ともなる。特定の分野で一家をなしている人たちの回顧談のなかにも、何歳の頃だれの背中を追いかけていたかといった固有名の出てくることが少なくない。

だが、固有名は、その名が属していた時代を限定し、活動の様式と特徴もある程度明かしてしまう。他者の前で恩恵を受けた対象として話したりすれば、心が一瞬当時にもどって胸が高鳴り目も輝くのだが、そのかわり、口にした時点でかつての憧憬がすでに役目を終え、自分にはもうそれを超えている部分があって、ことによったら完全に凌駕しているかもしれないという自信のあらわれだと誤解される危険性もある。ただし、超えたからこその余裕が、そこまで引きあげてくれた先人たちへの感謝の念をより純粋にするのは当然の話で、出発点やみずから認める成長のきっかけを与えてくれた人々への恩がそれで薄れるわけではない。

芸術やスポーツの世界で見かけるそうした物語で特徴的なのは、先人たちのちょっとした癖や衣装や小物類までまぶしく見える時期があるらしいということだ。おなじ器具を使えば、より早くその人に近づくことが可能になるのではないか。そんな希望的視点に立てば、憧れの先達のやることなすことが、すべて「粋」に見えてくるだろう。

しかしここで言う「粋」には、ふた通りある。「粋」の対象となっている人の言動が、特定の分野で認められた段階をひとつずつあがっていくような、つまり先々のステップが他の人間にも見えてしまって、だからこそ注目を浴びるという意味での逸材である場合と、十分な実力を有しながら敷かれた道を行かず、安定的な憧憬の枠を壊すことで危険なにおいを発し、周囲の目を引きつけるという意味での異才である場合。前者には順応の才があって後者にはそれがない、といった単純な色分けともまた微妙にちがう話だ。すべての面において力不足を認識している者が仰ぎ見る際には、どちらもわかりやすい指標になりうるだろう。そして、両者を別々に追いかけているとき、追う側の心にするりと入り込んでくるのが、超えた超えないという、本来は比較しようのない基準をつくりだそうとしている厄介な自意識なのだ。

ところで、身につけているものまで真似させてしまうほど魅力的な人間を、「粋」ではなく「ダンディ」と呼んでもいいだろう。かつて英国経由で入って来たダンディの趣味に対して、十九世紀フランスの詩人ボードレールはこう述べていた。

ダンディスムとは、あまり思慮のない大勢の人々がそう思っているらしいような、身だしなみや物質的な優雅に対する法外な嗜好、というものでさえない。それらの物事は、完璧なダンディにとっては、自らの精神の貴族的な優越性の一つの象徴にすぎない。

（阿部良雄訳「現代生活の画家」『ボードレール全集Ⅳ』筑摩書房）

ダンディは、そしてダンディに追随する者たちは、まず外面的なところに存在意義を見出す。少し遅れて来る者たちは、彼がじつは流行を先取りし、後づけの世評に従っていただけだと悟って幻滅を覚え、逆に、身だしなみや協調性など無視した異端児のほうに英雄的な精神のダンディスムの典型を見出して、不覚を悟る。

では「完璧なダンディ」とはなにかといえば、ボードレールにとって、それは、人柄の良さと慇懃無礼にもなりうる社交性を発揮しながらも自己規律を怠らず、仕事に集中できるドラクロワのような画家を指していた。何事につけなまくらなところがあった詩人にとって、この「完璧なダンディ」としての粋人は、「超えた超えない」の物差しで測る対象ではなく、絶対に到達できない理想に近いところに位置していた。と同時に、理想化と夢想を通して自分の芸術をいつのまにか次の段階に推し進めてくれる、まぎれもない先行者だったのだ。

ある意味で、この屈折を理解していた詩人のほうこそ、最も理想的な「ダンディ」だったと言えるかもしれない。

身体が強くなることはなかった

年に一度、トランスバールという町から、奇妙な招待状がとどく。「ホンネンモ　ソロソロ　オイシサウナキセツガ　ナリツツ　アリマス」。十一月四日午後六時三分に予定されているその催しに招かれた人々は、それぞれの国の言葉で書かれた、おそらくはどれもちょっと舌足らずであろう言葉遣いのふしぎな響きに誘われて、世界各地からさまざまな乗り物で会場にやってくる。横浜に住むカメタロウ・オオイワ氏は時代の先端を行く電気自転車で、ライプールの理髪師スミラ君はゾウで、そしてアントワープの陽気な靴屋ホッホ兄弟は五人乗りの自転車を駆って。予定されているのは、お茶会である。しかし味わうのは抹茶でも紅茶でも緑茶でも珈琲でもなくて、地からわき出る希少な天然ココアだ。

まるで手品師が繰りひろげる幻燈のごとき展開の小振りな絵本、佐々木マキの『変なお茶会』が刊行されたのは一九七九年。はじめて手にしたとき以来、十一月四日はココアの日と決めているのだが、午後六時三分という開始時刻にすべてをぴたりとあわせるのは容易ではない。定刻通りに進行しても、この時間帯には微妙にお腹がすいていたりして、ココアではなくべつのものを欲していることがあるからだ。

他の人はどうか知らないけれど、私にとってココアはその甘味を単体でじっくりと味わうべき飲み物であり、甘いお菓子やケーキのたぐいを添えるわけにはいかない。空腹でも満腹でもない、ほどよい腹ぐあいを午後六時三分に持ってくるのは、四年に一度のスポーツ大会の、そのまた競技開催日に体調のピークを持ってくるのとおなじくらいの難事なのだ。

奇跡とまではいかなくても、この一九七九年には、印象的な出来事が重ねて起きている。村上春樹のデビュー作『風の歌を聴け』の表紙を佐々木マキの絵が飾ったことは言うまでもなく、アントニオ猪木がニューヨークの王者ボブ・バックランドとWWFヘビー級選手権を戦い、また「プロレス夢のオールスター戦」なる企画のもとに複数の団体からあたかも変なお茶会のごとき面々が集って猪木と馬場によるタッグが結成されたことによっても忘れられない年になっている。

その翌年だったか、毎週テレビ観戦をしているだけの愛好家とちがって、興行があればかならず父親といっしょに試合会場に出かけていたプロレス好きの友人が、ある日、今度うちにお茶を飲みに来ないかと、なんだか外国映画の吹き替えのような抑揚で誘った。彼の家は輸出用の茶器を焼いている古い窯元で、遊びにいくと、いつも小柄なおばあさんが中近東向けに青と金と赤で絵付けされた高価なティーカップで、麦茶のように濃く煮出した紅茶を飲ませてくれたものだ。

しかしその日はどこか雰囲気がおかしかった。おまえの言うとおりにしたよと友人の部屋まで小さな丸いお盆で持ってきてくれたおばあさんの口もとには、かすかな笑みと不安がふたつながら浮かんでいた。雑談をしたり音楽を聴いたりしている最中にさあどうぞと運ばれてくるのであれば、器の扱いを心配しながらであっても自然に手が伸びる。ところが、さあ飲んでみろと言われると身構えてしまうのだ。そもそも遊びに来いではなく、お茶を飲みに来いという誘いだったのだからなにかあると勘付くべきだったのだが、それではと口にしたそのお茶は独特の風味で、天然ココアとはべつの意味において、現物がそこにあるのに架空でしかないという、当時の私の語彙のなかにはない種類の味だった。

こちらの反応を確かめたうえで、友人は机の引き出しからいわくありげに赤い箱を取り出した。家庭用紅茶のティーバッグのパッケージは黄色だと思い込んでいたからその色にまず驚き、落ちついてよくよく見ると、《ANTON MATTE》とロゴが入っており、隅のほうに顎の大きなレスラーの顔が印刷されていた。これはブラジルで「飲むサラダ」と呼ばれているらしいんだ、プロレス観戦のお土産だよ、トレーニングのあとにこれを飲めば強くなれるってさ、と友人は薄い胸を張った。

変なお茶会という言葉が舌の先まで出かかったが、なにも言わずにいた。私たちはトレーニングもせず、ただ黙ってマテ茶を何杯か飲んだ。その後、身体が強くなることはなかった。

地球規模の想像力

人にものを贈ることほど厳しい試練はない。品定めの時間がたっぷりある場合でも、ふと思いついてその気になった場合でも、相手の趣味や習慣はもとより、住環境まで考慮したうえでまちがいなく喜んでもらえる品を選ぶなんて、ほとんど無理な話である。定番と呼ばれるものの範囲内で、ごく儀礼的に済ませてしまいがちになるのは、致し方ないことなのだ。

以前、ある祝い事の当事者となったとき、総計三十鉢を超える高価な蘭を贈られ、深い感謝の念とはべつに、世のならわしがいかに人の想像力を蝕んでいるかというひとつの事例を見た気がして、ずいぶん苦しんだことがある。兎小屋に等しい西洋長屋住まいの身であると常々お伝えしていたにもかかわらず、あまり馴染みのない花々をこれだけ一度に贈られては、どこにどう飾り、どう世話したらいいのか途方に暮れるほかなかった。贈り主は、贈られる側が多対一として対処せざるをえないことに、思い到らなかったのだろう。

自分が贈る側になればまた、選んでいるときの気持ちに一抹の卑しさが混じるような気がしてきて、これも耐えがたい。紹介や推薦を頼まれると、あたりさわりのないものでごまかしたと思われないよう、つい見栄を張りたくなって、自分の趣味嗜好のレベルを超えた言葉を選んでしまう。そうなると、もう相手を度外視した、贈る側の自己満足と虚栄心の問題になってくる。

相手が欲しがっているもの、必要としているものを正直に尋ねてそれを手に入れればいいのかというと、そういうわけでもない。アクセサリーでも家具でも電化製品でも洋服でも、色や銘柄まで細かく指定してもらって探しに行けば、さほど苦労はいらないはずである。新しく所帯を持つ人たちにしばしばおこなわれるのもこの種の実用に徹したリストアップ式の調達だが、私が参加した折には、結局のところ資金提供をしたにすぎない気がして、どうもすっきりしなかった。

そもそも、なにが欲しいのかを尋ねることじたい野暮なのであり、選ぶ能力の欠如を自慢しているに等しい。好みを聞いたうえで贈ったものが不評であれば、なおさら落ち込みも激しくなる。贈りものをする際に必要なのは、やはり、自分にではなく、他者に向けられた想像力なのだ。財力や知識や趣味のよさなど関係ない、ひとりの人間として生きるうえでの基本的な想像力。それが、贈った側と贈られた側の、美しい心の合一という奇跡を生む。

正岡子規の『墨汁一滴』に、「人に物を贈るとて実用的の物を贈るは賄賂に似て心よからぬ事あり。実用以外の物を贈りたるこそ贈りたる者は気安くして贈られたる者は興深けれ」という一節がある。そんな事例が本当にあるのか。子規の身近には、たしかにあった。

今年の年玉とて鼠骨《そこつ》のもたらせしは何々ぞ。三寸の地球儀、大黒のはがきさし、夷子の絵はがき、千人児童の図、八幡太郎一代記の絵草紙など。いとめづらし。此を取り彼をひろげて暫くは見くらべ読みこころみなどするに贈りし人の趣味は自らこの取り合せの中にあらはれて興尽くる事を知らず。

この日の記述は、「年玉を並べて置くや枕もと」と締めくくられているが、子規の弟子としてその死を看取り、資料や住居の保存に尽力した寒川鼠骨が病牀の師に贈った心づくしのお年玉が「実用以外の物」であることは正しいとして、贈るほうも「気安く」なるかどうかは先に触れたとおり疑わしい。ただ通常の事例と異なり、このふたりのあいだには、厚い信頼関係とこまやかな愛情のやりとりがあった。

印象深いのは、地球儀だ。上記の一節は明治三十四年、つまり一九〇一年一月二十八日付。子規はすでに十六日付で、この地球儀を「二十世紀の年玉なりとて鼠骨の贈りくれたるなり」と記し、大切にしていた。ガラス張りの窓の向こうにしか外界を持たない男に、二十世紀がはじまった年の記念として宇宙を凝縮した眼球を与えるとは、なんと壮大な思いつきだろうか。粗忽者どころか、これは相手の興味関心を射貫いた贈る人のみごとなお手本であって、鼠骨にはまさしく無用の用を実用に変換する資質と、他者に向かう心のベクトルがあったのである。言葉の真の意味でなにかを人に贈るためには、地球規模の想像力が必要だということなのかもしれない。

追悼としての書誌

四半世紀前、留学生としての生活がようやく落ちつきはじめた頃、中国哲学を専門とする東京の知人から、論文に必要な学術書を数冊探してくれないかと頼まれて、地図を頼りにめぼしい書店をいくつか訪ね歩いたことがある。旧植民地諸国と東西交渉史、あるいは東洋哲学や言語学を扱う専門書店はどこも小さな構えだから、門外漢でしかも一見の者にはなかなか入りにくい。なにを探しているのかと問われて控えを見なければ正確に答えられないようでは、なおさらのことだ。しかし現実に不案内である以上、ごまかしようはない。そんなわけで、店の扉を開けるとすぐに手帳を取り出し、知り合いに頼まれたのですがと前置きして探求書リストを読み上げるというあわれなお芝居を繰り返した末に、幸運にも、セーヌ左岸の古書店で目当ての本のうち三冊を手に入れることができて、ほっと胸をなで下ろした。

マルセル・グラネ『中国人の宗教』の初版、ジャック・ジェルネの『中国とキリスト教』、エチアヌ・バラーシュの『中国文明と官僚制』。後の二冊は、古書とはいえ読んだ形跡のない新刊同様の状態である。店の主人に礼を述べると、笑みをひとつ渋みのある表情に加えて、昨日入荷したばかりの東洋学関係の本がまだ何冊かあるが、興味はないかねと言う。自分ひとりでは決められないし、依頼主に手紙で打診しても航空便の往来には最短でも二週間かかる。今回は結構ですと口にしようとしたそのとき、私は示された本の束のひとつの、いちばん上に見えている表紙に引きつけられた。正しくは、著者ではなくタイトルの人名のほうに反応していたのである。

アンリ・コルディエ『ガストン・マスペロ書誌』、ポール・グトネール社、一九二二年刊。このマスペロはアンリ・マスペロの、と言いかけたところで、そう、中国学者のアンリ・マスペロの父親だよ、ご存じのとおりエジプト学の泰斗でね、息子も当初はそちらに進むつもりでいたんだ、と主人が言葉を引き取った。アンリは東洋学者でガストンの親友だったコルディエの教え子でね、そのあとエドゥアール・シャヴァンヌに師事して、コレージュ・ド・フランスで恩師の後任になった、一九三〇年代にソルボンヌの中国学教授としてマルセル・グラネの跡を継いだのもアンリ・マスペロだった、この父子をご存じなら立派なものですよとお世辞を言う。誤解のないよう、私は自分が現代文学を専門としていて、じつはガストンの息子ではなく孫に関心があるのだと素直に打ち明けた。

アンリ・マスペロは道教の研究書で知られ、日本にも滞在したことのある中国学の大家だが、一九四四年、テロリスト活動をしたとの理由でナチスに逮捕され、翌年ブーヘンヴァルト収容所で死去している。手にしたとある本の書評でその事実を教えられた私は、大いに納得した。中国学者の死とその本の基調音とが、密かな共鳴を示していたからである。

大学に通うとき少なくとも一区画はかならず利用していた、パリ郊外に延びるRERのB線。南はサン＝レミィ＝レ＝シュヴルーズ、北はドゴール空港のあるロワシーを結びながら首都の真ん中を貫くこの路線の、ふだん見向きもされない三十幾つかの駅をひとつずつ降りて町中で一泊し、土地の人々との会話を通じて得た知見を紀行文風に並べていく酔狂な試み、『ロワシー・エクスプレスの乗客』。この新刊書の書き手が、アンリ・マスペロの次男、フランソワ・マスペロだったのだ。

B線上には第二次大戦中、ナチスの収容所への中継点となっていたドランシーがある。数年後、私は拙著『郊外へ』のなかでこの折の読書を追体験することになるのだが、紙幅も足りず、細部の調べにも行き届かないところがあったため、アンリ・コルディエとガストン・マスペロ、アンリ・コルディエとアンリ・マスペロの関係に触れる余裕がなかった。

結局、中国学者によるエジプト学者の書誌を、私は自分のために買い求めた。編年で淡々と並べられた書名や記事のあいだには、父子三代どころか、千年単位の悠久な時が流れている。アンリ・コルディエは意を尽くした序文のなかで、一九一六年、「碑文・文芸アカデミー」会員として壇上で意見を述べている最中に倒れた友人の、あまりに唐突な最期の模様を記している。博覧強記の二大学者の友情が、書簡や献辞ではなく、一方による一方の、感情を排した「書誌」の形で示されているところに、私は深く心を動かされたのだった。

運河に映る未消化の想い

しばらく前のこと、古書店の目録にアンリ・ド・レニエの『ヴェネチア人、バルタザール・アルドラミンの短い人生』という書名を見つけて、気まぐれに注文を出した。一九〇一年に発表された短篇で、『ヴェネチア物語』(一九二七年)に収録されているが、これは一九〇九年に、リブレリィ・デ・ザマトゥールから刊行された版である。久しぶりにたどったレニエの文章は、やはり言葉の拍がうつくしく、行間には清澄な空気が漂い、音もよく流れる。と同時に、構文がよく練られていて日本語に移しにくい。たとえば冒頭の一文を「バルタザール・アルドラミン殿のことは、生前、よく存じ上げていた。彼が死んでしまったいま、私が代わって皆さんにお話しできるほどだ」などとふたつに区切って意味だけ通そうとしても、香気はいっこうに伝わらない。

語り手ロレンツォ・ヴィマニ*とバルタザール・アルドラミンは父親の代からつきあいのある幼馴染みで、運河沿いに建つ家も隣同士、長じてからもふたりで遊興と恋愛に夢中の日々を送っていた。こんな暮らしがつづけばと満足していた語り手とはちがって、バルタザールはあるとき突然、異郷に旅立つ。そして三年ほどの放浪を経て不意に戻ってくると、一七七九年三月三日、カーニヴァルの日に刃物で胸を刺され、三十歳にならぬうちに亡くなった。一篇は、幕開けの言葉どおりロレンツォが死者に代わって放浪の時期の出来事を語る形式になっているのだが、最初の何頁かを読み進めるまで、この男の短い半生と彼を死に至らしめた原因をすでに知っていることに、私は迂闊にも気づかずにいた。

アンリ・ド・レニエと出会ったのは、当時の多くの学生がそうであったように、永井荷風の『珊瑚集』や堀口大學の『月下の一群』に拾われている詩篇と、後者の翻訳による長篇小説『燃え上る青春』を通じてのことである。三十年前にはまだこれらの作品が文庫本の新刊もしくは状態の良い古本として、あたりまえのように入手できたのだ。ただし、一八六四年、ノルマンディー地方の港町オンフルールに生まれたこの象徴派詩人の世界が、最初から若者を夢中にさせたわけではない。レニエの魅力を教えてくださったのは詩人の窪田般彌先生で、先生は仏語中級読本講読の合間に、御自身が訳されたレニエの散文について、なんというか他人事のように突き放した口調で、かつ魅力的に話されたのである。早速、大学の図書館でメルキュール・ド・フランス社版の作品のにおいを嗅いだあと、窪田訳の『ヴェネチア風物誌』や『生きている過去』を読んだ。

しかし、バルタザール・アルドラミンの名はそこにはない。私がこの人物を識ったのは、森鷗外の『諸国物語』の一篇においてだった。森林太郎訳として一九一五年に刊行されたこの版に入っているレニエの短篇は、一九〇四年に出たドイツ語からの重訳である。邦題は「復讐」。やや重く引きずるような響きの人名がそのまま採用されていたら、かなり印象も変わっていただろう。私が逐語的に処理しておいた先の冒頭は、鷗外訳ではこうなっている（『鷗外選集』第十四巻、岩波書店）。

バルタザル・アルドラミンは生きてゐた間、己《おれ》が大ぶ精《くは》しく知ってゐたから、己が今あの男に成り代つて身上話をして、諸君に聞かせることが出来る。

バルタザールは恋人に暇乞いをし、親友に別れを告げ、功成り名遂げてヴェネチアに近いメストレから五里ほど離れた壮麗な別荘に住まう親族の老人、アンドレア・バルディピエロを訪ねる。老齢にもかかわらず色事に目のないこの御仁には、好みの女性を攫《さら》ってくるという噂があった。事実、女性の影を感知したバルタザールが早々に立ち去ろうとすると、老人はひと晩引き留め、驚くなかれ、彼に軟禁状態の女性を襲わせたのである。このあとの展開は想像がつくだろう。鷗外の壮麗な訳文は、しかし結末が近づくにつれて軽さをまとい、妖しい謎解きの現場に読者を同席させたのち、最後の最後でレニエの呼吸に波長を合わせて光にまぎれる。

紫色の空気を波立たせて、サン・ステファノ寺の鐘が響いてゐた。そしてアルドラミンの家の館の古い壁に嵌めてある、血のやうな色の大理石の花形が、運河の水にうつつてゐた。

復讐は心を割り切れる行為ではない。たがいの胸に、いつまでも未消化の想いが残される。それを言葉にするためには、赤や紫にまぶすだけでなく、きらめく運河の水面に照らして、自分自身の目をもごまかさなければならないのである。

＊鷗外は「キラミ」（ウィラミ）としているが、レニエの原文はVimaniで、独訳もレニエの表記のままである。なお、「五里」の部分の鷗外訳は、「五時間行程」。

通訳なしで

国営放送の大河ドラマをはじめて意識したのは、『国盗り物語』だった。斎藤道三と織田信長。郷里に近い土地が舞台となるばかりでなく、道三、信長、濃姫、そして光秀らを演じた役者たちのへの親しみが、まるで親族か知人の活躍を追うような見方を許していたのかもしれない。放映当時、私は九歳だったから、天下統一のなんたるかなど理解してはいなかった。ただ、描かれているのが、戦国時代とあとから名付けられた過去に起きた本当の出来事であると知って、奇妙な違和を感じたことはよく覚えている。

理由は単純だ。画面のなかの人物たちの会話が、美濃から尾張にかけて分散している親族の使う言葉の色彩と、大きく異なっていたからである。比較的奥まった地域に住んでいて、盆暮れや冠婚葬祭の折に顔を合わせる程度の人々の口から発せられる言葉は、どこか遠い国の言語のように響いていた。文脈と相手の表情で言いたいことは伝わる。それでも、イントネーションやおなじ単語の用法が微妙にずれていた。そのことを大人に話すと、山ひとつ、村ひとつ越えれば、言葉もちがってくるのはあたりまえだと笑われたものだが、何百年も前に生きた人々のごくふつうの意思疎通が容易でなかったであろうことは、これまた容易に想像できる。

差異は小さいものほど修正が難しい。距離があまりにも遠ければ、大意を得て余計な部分は切り捨てる積極的なあきらめが生まれるので、そのぶんまだ救いはあるとも言える。しかし実際にはどうだったのか。のち、日本史で鉄砲とキリスト教の伝来を学び、尾張の国の出である信長がポルトガル人宣教師に会っていると教えられたとき、通訳は美濃や尾張の方言をどのくらい理解していたのかと、

『国盗り物語』の頃の疑問を発展的に抱え直すことになった。

ポルトガル出身のイエズス会士ルイス・フロイスがゴアを経由して現在の九州、西海あたりにやってきたのは、一五六三年。彼が最初に学んだ日本語は、だからその土地の言葉であったことになる。京都から堺へ、それからまた京都へ。二条城の建築現場で信長と会ったのが一五六九年。一五八〇年にイタリア人宣教師アレッサンドロ・ヴァリニャーニが来日し、安土城でふたたび信長に謁見した折には通訳を務めている。フロイスの『日本史』は、方言などひとつの外国語としてあっさり克服できそうな才筆で記されているのだが、私がこの時代の外国人による日本語習得の過程を「想像する」助けとなったのは、正式な記録ではなく、一五七〇年、日本の布教に向かう宣教師たちとやってきたジェノヴァ出身の船乗りによる私信という体裁をとった、辻邦生の長篇『安土往還記』だった。

妻とその愛人を殺し、官憲の手を逃れ、流れ流れて日本にたどり着いた世俗人である「私」は、小銃のみごとな使い手でもあった。都へのぼり、フロイスの世話で美濃国の大殿《シニョーレ》に謁見する機会を得ると、信長がその新しい銃に異様な興味を示したため、あらためて城に出向き、射撃の腕前を披露しつつその構造と戦法を解説した。そればかりか、乞われて、間接的に国産銃の開発に手を貸すのである。同行していた通訳の日本人修道士ロレンソ老人は、銃器の専門的な説明もみごとにこなしてみせた。しかしふたりが美濃を離れてしまうと、語り手は意志を伝えることも相手の言葉を理解することもできなくなる。

私は通訳なしで大殿《シニョーレ》と話したかった。彼の精神のなかを素早く横切ってゆく多くの考えに、私は自分の感覚でふれたいと思ったのである。

こうして彼は「岐阜」に留まり、ひたすら日本語を、つまり平戸や堺ではなく美濃の言葉を勉強しはじめる。原文がイタリア語で、そのフランス語訳の邦訳という複雑な形で現代に提示された『安土往還記』に、私の知る美濃の言葉は反映されていない。しかし、「通訳なしで」話したいと書き綴る語り手の強い気持ちによって大小の差異が無化され、独特のやわらかさとくぐもりと弾むような粗暴さを備えた郷里の方言が、天下統一をたくらむ大殿の、精神の標準語に仕立てられたのである。子どもの頃の謎は、一篇の歴史小説によって解かれたのだった。

Ⅳ

春の空にのぼる

公園というより広場と呼ぶほうがふさわしい空間に、ジェラルミンらしい大きな運搬用ケースと鉄材をたくさん積んだトラックが何台も集まっていた。数日前に通り抜けたときには、舗道沿いの高い鉄柵の下に設けられた花壇の、園内通路との境界線上にぽつぽつ置かれたベンチで腰を休めている老人たちが、足もとから漂い出す甘い花々の香りに乗って現実から遠ざかり、どこかとろんとした無表情を貫きながら矩形の囲い地を自分の頭のなかで再構成しているような春の午後特有の浮遊感に包まれていたのだが、いまやその貴重な夢想の貯水池は完全に干あがっている。なにが起きつつあるのか、すぐにわかった。べつの場所でもそっくりな光景に出くわしたことがあったからだ。

二週間ほど経った日曜日の午後、またふらりと近くを通ってみたら、紫と白のアネモネがたくさん咲いている入口の向こうに、花壇を全部掘り起こしてそのまま貼り付けたみたいに色鮮やかな、大きな電動遊具が二つ三つ組み上げられていた。やはり移動遊園地だ。静かな空気は一変して家族連れで大いに賑わい、あちこちで歓声があがっている。少し覗いてみようと足を踏み入れたとたん、背後から私の腕を摑む者があった。愛らしい狐顔の少年が、歯を剝き出しにして笑顔をつくっている。こっちにいいものあるよ、食べて行きなよ。

引っ張られた先は、菓子類をならべている屋台だった。商っているのは母親らしい。彼女はまず息子を叱り、自分もいっぱしの働き手だと思ってるんですと肩をすくめた。このあと、父親を早くに亡くしてといったお決まりの台詞がつづいていたら、私は興ざめしていただろう。御主人は遊具の整備士だという。いまあちらのほうにいるんですと、青い空に慎ましい環を浮かべているあぶなっかしい乗り物を指差した。あたしから勧められたって言えば、三周のところを四周にしてくれますよ。なるほど、そう来るのか。私は観念して綿菓子を買った。春の空にのぼるには、まっすぐ飛んで行ってしまう風船より、こういうふわふわした軽い雲を手にしていたほうがいい。人混みをかき分け、車輪の下の販売所でチケットを買った。話を聞くなり、役に立つ女房とやらはここに何人もいるさとおじさんは大声で笑った。ひと呼吸入れて、私は言った。回数を多くするかわりに、天辺で少し止めてください、いちばん高い空のうえで、この桃色の綿雲を食べてしまいたいのです。

負の座標に向かって

歩きながら空を見あげるのは、もう止めた。靴の先に隠れた爪で地面を突くという、語義に則った蹟きを回避するためではない。あまりに青い空を見つめていると、どうも落ち着かなくなるからだ。たとえば五月晴れ。本来は陰暦五月の、鬱陶しい梅雨の合間にあらわれた晴れ間の意味なのだが、陽暦六月の陽の光だとしても事情はさして変わらない。私にはいま、その青味がしっくり来ないのである。

空が悪いわけではなく、むろんこちらが悪いのだ。昼時の少し交通量の落ちた公道わきの舗道で私が探しているのは、ビルとビルの谷間にのぞく青い帯ではなく、白い雲である。観覧車の上で食べる綿菓子よりも滋味深い雲。青を背景に白が点在してくれさえすれば、形はどうでもいい。雲のない空なんて空ではないというほどの雲愛好家ではないけれど、土地の名なら雲見、海産物なら水雲《もずく》を愛する者としては、真っ青な空とだけ向き合うことには抵抗がある。

白い紙を前にした詩人や作家は、創作意欲を駆り立てられるか、不安に襲われて沈黙するかのどちらかだ。絵描きもたぶんおなじだろう。白一色の紙やキャンバスは心を掻き乱す。単色の世界は、底なしに深い。ひとつの色として成り立つことと、ひとつの色であることとはべつの話であって、真っ青な空や海は、単色でありながら単一の色ではない。じつはこの矛盾こそが単色の条件なのである。青い空を汚し、傷つけたくなるのは、それを正直に受けとめてしまうからだろう。

少年の頃に知った、鳥一羽飛んでいない空、雲ひとつ浮かんでいない空の不気味さを、しばしば思い出す。青に吸い込まれるのではないかとの恐怖をごまかすために、私は野球のボールや帽子を何度も投げあげて、それを万一のときのための救命ブイにしていたものだ。

　フランスの画家が一面に塗り込む青の、ブラックホール並みの吸引力。イタリアの画家がなにかに耐えかねて画布にほどこした存在の裂傷。芸術への憧れは抱きながらも単色の呪いに気圧されて、やっぱり晴れた空を見あげるのはお終いにしようとあらためて心を決める。その瞬間、ついさっきまでなにもなかった青い空に巨大なクレーンが聳え立ち、それをy軸に仕立てようとでもいうのか、白く細い雲の裂け目が、ありもしないx軸上の負の座標に向かって屈託なく伸びていくのが見えた。空が救われたのか、私が救われたのか。x軸はゆっくりと溶けだして、ふたたび青の支配がはじまる。五月の空は、まだ頭上にある。

いちばん甘い風

三十分ほどの航路は、ずっと雨のなかだった。強弱のあるまだらな雨粒が、船窓の外の甲板にも手すりにもその先の海面にも、まっすぐ打ちつけている。そんなはずはない、船は前に進んでいるのだから、雨筋は多少とも斜めに見えるのが道理ではないかとまずは目を疑ったが、遠くの波は穏やかで、細いガラス管みたいな筒状の光の粒があちこちに立っているだけだ。風はなかった。空の大半はもう雲が破れて、陽が射している。

おなじ窓から外を眺めていた老婆が、あなたはなにをしに行くのかとエンジン音よりかすれた声で問いかける。教会を訪ねるつもりです、六月にしか近づけない教会があると聞きまして。老婆は粉を吹いた干し柿のような顔を傾け、少しだけこちらに身を寄せて、それは教会ではなく、燈台だよと湿り気のある息を吐いた。

年に一度、いちばん甘い風の吹く夜にそこで祭りがある。といっても、燈台の門扉と窓を開け放ち、屋内を抜ける風を浴びながら、島の山羊のチーズと硬いパンで酒を、つまり荒れた土地にわずかに残る畑からつくられた地場の葡萄酒を飲むだけである。風の吹く時間は限られているので、かつては飲み食いもせず、燈台前の崖に座って、ただ風に身をさらすだけだったらしい。私に六月の祭りの存在を吹き込んだ男は、この食べものと飲みものの組み合わせから、宗教的な祭事を連想していたのだろうか。老婆は別れ際に、甘い風が吹くのは、いまみたいな雨が降ったあと数日内のことが多い、毎年日は変わるから、今年の予想は島の港に着いたら事務所で尋ねてみるがよいと、お告げでもするような声で言った。

祭りの日は未定だった。しかし十日以内にまちがいなく甘い風は吹くと係の男は断言した。原則として関係者以外は燈台に近寄ってはならないことになっているのだが、遠目に眺めるだけなら問題ないというので、簡単な地図を描いてもらい、私は海に面した高台への一本道を歩きはじめた。周囲はほぼ剝きだしの岩場である。雨あがりの岩と土がほのかに匂い立つような気がしたが、そこに甘さは微塵もなかった。潮の香りさえしない。電柱と電線がかぼそい命綱になっている斜面の途中で息が切れて、しばらく休んだ。前方にするすると影が伸びていく。陽が背後から射してきたのだ。六月の燈台は、真正面からその陽を浴びて、白く輝いていた。あいかわらず風の気配はない。海鳥でさえつかめない風、一年でいちばん甘い風は、いったいどこに隠れているのか。それを確かめるために、私は「遠目」の意味をなしくずしにするべく、頂を目指してまた歩きはじめた。

闇が揺らいでいる

線路の上を何度か歩いたことがある。夢のなかの話だ。何年かおきに、単線の鉄路の上をひとりでよろよろたどり、どこに至り着くわけでもなく途中でその夢じたいがふっと消えてなくなるような、眼が覚めるというより夢のなかで夢がフェードアウトしていく感覚を味わう。不安定なその歩行は足の裏にかかっている重みで現実のものだと認識できる一方、素面なのに千鳥足のあわれな男を背後から観察しているもうひとりの自分がいることも、なんとなくわかっている。季節はたいてい夏で、昼間に降った雨があがったあとの草いきれが鼻をつくのだが、それを嗅いでいるのが前を行く自分なのか彼を見ている自分なのかが曖昧になってうすら寒くなり、額に脂汗がにじみ出てくる。

似たような映像が、なぜ繰り返されるのか。映画や小説の影響かもしれない、と考えたこともある。平原に残る廃線でトロッコを漕いだり、お宝とは言いがたいものを発見して言葉を失い、呆然と鉄路に沿って歩きつづけたり、全体の流れとはあまり関係のない場面にしばらく捉えられていた記憶はたしかにある。しかしそれらはたいてい単独の行動ではなかった。あとから振り返って、共通の体験を語り合える仲間がいた。他方、夢のなかの線路はかならず単線で、二本のレールのあいだの枕木を踏めば足下はまだしも安定するはずなのに、ふたりに分裂している「私」であるらしい男は、いつも細いレールの上を、ときどき両腕をひろげて平均台のようにバランスをとりながら進んでいくのである。

夏を目前に控えたある雨の一日のこと、散歩の途中、現実の鉄路に迷い込んだ。都市の中心部を取り巻いていた古い環状線の切れ端。立ち入り禁止の鉄柵の一部が、脱獄を果たした囚人の部屋さながら根本から切断されていて、半身になれば抜けられるようになっている。当然のごとく、私は先行者の恩恵にあずかった。においがしない。暑いのに汗も出ない。鉄路の平均台を行く道化師にはもうなるまいと心に決めて、朽ち果てた枕木の上を堂々と進んだ。切り通しの底に頭上から人々の視線が降ってくる。犬の鳴き声がする。遠くにトンネルが見える。入り口にかげろうが立って、向こうの闇が揺らいでいる。その闇の手前で、私は引き返した。

翌日、おなじ場所をもう一度訪ねて、愕然とした。鉄柵に抜け穴などなかったからだ。やすりで削った細工の跡ひとつなかった。鉄路は手の届かない場所に、ひっそりと横たわっていた。

八月の光には音がある

あの石塀のところに廃材が立てかけてあるでしょう、と老人は細い砂利道から外れた石造りの廃屋を指差した。向こう側に礎石が残ってましてね、そこに板を渡したシングルベッドくらいの広さの高床があるんです、いちばん気持ちのいい場所です。

一帯はゆるやかな斜面になっている牧草地で、そのまま下っていくと沢に出る。むかしは近隣の農家が共同で牛を放していたそうだが、みな跡継ぎもなく廃業し、いまは荒れる一方だという。電柱も街燈もないので、夜は正真正銘の闇になる。これから親族の世話で隣の村まで出かけます、帰りは夜の九時過ぎになりますが、それまでなんとかひとりでいてください。老人はそう言って、ライトバンの後部座席から登山にでも使うようないかついリュックを取り出すと、あたりまえのように私に手渡した。

調理器具も入ってます。沢の水は飲めますから、腹が減ったらこの袋に入ってる米を炊いてください。夕方、冷え込んできたときは、廃材を燃やしても構いません。

蒸し暑い夏の午後を、どこか涼しいところで静かに過ごしたい。ただ漠然とそんな夢を語っただけだが、仕事の合間に真剣な息継ぎをしたいという気持ちが顔に出ていたのかもしれない。老人は善意に基づいてこちらの身を案じつつ先々のことにまで気をまわし、断り切れない状況に私を追い込んでしまった。親切心は、時として頑なさと同義である。思い込みを正すのは、山の天気を予想するよりも難度が高い。

ライトバンが走り去ると、私は大きなリュックを背負ってふらふらしながら炎天下の斜面を降りた。沢に近づくにつれて木々が多くなり、平らな土地も目立つようになる。廃屋の石塀の裏の、日陰になった部分に、老人の言葉どおり板敷きのひな壇が隠れていた。上着を脱ぎ、Tシャツ一枚になって寝転がると、背中がひんやりする。頬のあたりを湿った風が撫で、谷間の音が廃屋の石積みに反射して耳もとに集まってくる。遠い鳥の声、かすかな水の音、枝々をすり抜けて葉を揺らす風の音色。目を瞑って心を空にする。高床の板に接した背中が少し浮きあがるような気がする。八月の陽光には音があることをお前は知っているかと、だれかが耳もとでささやく。そう、光にも音があるのだ。荒れた牧草地に降り注ぐ光は、やがて音の豪雨となって周囲を埋め尽くすだろう。せめてそのときが来るまではゆっくり眠っておこうと、遠ざかる意識のなかで私は思っていた。

グリーンサラダを忘れずに

ほぼ一直線につづく道路は、薄い靄に覆われていた。乳濁した午前の白い闇のなかから橙色の暈《かさ》が不意にあらわれ、その色がだんだん濃くなり、輪郭が大きくなってくる。すれちがう瞬間、それははじけたように縮まって、ライトバンの後部の見えない穴にしゅぼっと音をたてて吸い込まれた。かろうじて視界はありそうだ。速度を出しすぎなければこのまま行けるだろう。しかし煤けたダッシュボードを覗き込むと、燃料がほぼなくなっていた。次のドライヴインで休もう、と私は決めた。朝からなにも食べていなかった。

路面はかすかに濡れていた。雨が降ったのではなく靄が一面に転写されたような色だった。ランプの光は先へ進むかわりにべったりと広がって、アスファルトの表面を照らし出している。ところどころ油が浮いているのか、明るんでくるにつれて妙に粘り気のある虹色の帯がきらめきはじめた。トラックの腹から漏れ出た重油の膜かもしれない。田舎道の朝の空気に混じってコールタールに似た冷たい刺激臭が車内に流れ込み、胃の腑にまっすぐ落ちてきた。時速四十キロを超えない徐行をつづけていたのは、燃料切れの不安があったからだが、不安で胃袋を満たすことなどできはしない。

ドライヴイン併設のガソリンスタンドにたどり着いたのは、それから三十分ほど走ってからのことだった。途中、天井を抜かれた錆だらけのコンテナに、石炭らしき真っ黒な物質が山のように積まれているのが見えた。靄が晴れなかったら、出会うことのなかった光景だ。臭いの元凶はこれだったのか。注文を取りに来た針金みたいに細くて背の高い女性に尋ねると、一帯はかつて炭坑町への中継点として栄えた土地で、《黒い秋》の通り名があるという。当時の遺物もまだあちこちに残っていた。

真っ黒なコールタールさながらに煮詰まったコーヒーをお代わりして私は道路地図を確認し、勘定を頼んだ。レシートを見て、驚いた。飲食店用のものではなかったからだ。隣のガソリンスタンドの倉庫に眠っていたデッドストックだという。総量、車体重量、計量者、および担当運転手の名前を書き込む欄がある。なぜか日付だけ、一九五六年九月と記されていた。顔をあげると、トレーを抱えた針金が、軽く腰を屈めてこちらを見つめている。コーヒーが二トンに、サンドイッチ二百キログラムですね。私が言うと、彼女はけらけらと笑って、あと、グリーンサラダが三百キロ、とつけ加えた。

そこにはいないだれか

　中央やや右寄りの柱にしっかりした縁の鏡が掛けてあって、斜め下に細めの飾り棚が置かれている。その上に棚の横幅とほぼおなじくらいの直径の、シェードの少し傾いたバランスの悪いランプが載っていて、ランプの支柱を挟んでひとつずつ写真立てがある。左が横長で、夫婦なのか恋人同士なのか、顔を寄せ合った男女が収まっており、右の縦型の方にはネクタイを締めた男が写っている。久しぶりに覗いた古物市の、くすんだ籐かごに投げ入れられた写真の束を手に取って、すっと吸い寄せられたのが、それらの品々を飾る室内を写した妙にさみしい雰囲気の、一枚の古い写真だった。

子どもの気配はないし、祖父母の顔もない。男女が夫婦だとすると、右の写真立ての男性はだれなのだろう。画面なかほどの高さに侵入しているベッドのフレームでちょうど隠されている部分に、べつの人間が写っている可能性もある。裏返してみると、糊で貼られていた台紙から剝がした跡があって、隅のほうに鉛筆で《インテリア》と書き込みがあった。研究のための資料なのだろうか。

わたしが書いたんです、整理のためにね、と露店の売り主は肩をすくめるように言った。その箱にあるのは全部古いアルバムから剝ぎ取ったもので、いちおう種別に分けておいたんですが、面倒になってまとめて出したんです、どれもごくふつうの家族アルバムでしたよ。

画面左の、チェック地の布が掛けられた小さなテーブル、二脚しかない椅子、パセリでも差したみたいな素っ気ない花のシルエット。いつの時代のものかはわからないと売り主は言ったが、ベッドがかなり迫り出している部屋の狭さと、にもかかわらず妙にすっきりした印象もあるレイアウトの約しさ、そしてランプの下の人物たちから伝わってくる、どこかとまどいを感じさせる独特の空気が私を捉えて放さない。

このアングルで人のいない部屋を写そうとした目的はなんだったのだろう。撮影者は写真立てのなかのひとりなのか、それともまったくの部外者なのか。どうでもいい、と私は思った。薄いレースのカーテンに漉された明るいさみしさを受けとめることができればそれでいい。そんなわけで、金色のコイン一個と引き換えに、人が写っていたら遠慮したであろうその写真を手に入れた。露店のならぶ広場を包み込んでいる十月の光が部屋のなかの塵さえくまなく照らし出して、そこにはいないだれかを呼んでいるような気がした。

霞にまぜるもの

それほど頑丈でもなさそうな鉄製の引き戸をがらがら開けると、いきなり雪原に降り立ったような白い光に包まれた。

山裾に沿って扇状にひろがるこの町には、かつて工作機械の小さな工場がひしめいていた。たいていは一代で築きあげられたものだが、跡継ぎのしっかりしているところはあたらしくできた工業団地に移転し、そうでないところはやむなく廃業を選択して、いまはほとんどさびれてしまった。工場にも機材にも苦労をともにしてきた思い出があり、鉄の塊として処分するにも費用がかかる。老いた経営者たちは取り壊しに踏み切れず、結果として放置されたままになっていた。

それら閉じられた屋内のいくつかに、十年ほど前から白い糸状の物質が降り積もる、というより生え出るようになった。うっすらどころか、何センチもの、綿花のようなやわらかい繊維が層をなして、すべてを覆い尽くすのである。しかもそれは年中あるわけではなく、空気が澄んで冷たくなってくる秋から冬にかけて、ちょうど十一月の半ば過ぎくらいから急に増えはじめるのだった。

連絡を受けた市の保健所が、おなじ現象に見舞われた廃工場をいくつか調べてみると、それは埃ではなく綿に似たセルロース系の未知の物質で、幾種類かの花弁の粉末が含まれていることがわかった。ヒイラギ、フユザクラ、フヨウカタバミ、ソバ。色はどれも白の系統である。近隣にソバの花はなかったし、花弁には水分があってすぐには粉末化できないはずなのに、きれいな粉が混じっている。原因究明には至らなかったが、人体に害を及ぼすものではないと判断された。

仕事の関係でたまたま知遇を得た、百歳を越える地元の長老が私に語ってくれたところによると、彼の祖父の世代まで、それはしばしば農家の納屋でも見られた吉兆に属する現象で、裏山の仙人が霞にまぜて喰うものだから道具を使わず大事に手で集め、木綿の手拭いに包んだものを、十一月の晦日の明け方、いちばん深い杣道《そまみち》の、三角岩の下の祠に置いておくべしとの言い伝えがあった。しばらくして確かめに行くと中身だけきれいになくなって、手拭いはその近くの木の枝に掛けてあったという。仙人は、たしかにいるのだ。

つまり、私は長老の話を信じることにしたのである。そっと手を伸ばし、白い畑の実りを摘んでみる。ほどけそうでほどけない糸のからまりには、不思議なぬくもりがあった。十分足らずで一杯になった手拭いを、丁寧にくるむ。明日の午前五時、私は三角岩をめざして深い秋の山に入る。

私はたぶん、声をかけるだろう

夜半から降り出した細かい雪は、明け方にはもう止んでいた。この地方ではふつう、雪はそのまま雨に変わり、すっかり溶けてしまうのだが、私が訪ねたその日はなかなか気温があがらず、雪は雪のまま持ちこたえてあちこちに白い綿菓子をつくっていた。朝食の時間にはまだ早かったので、投宿先のペンションを出て、湖畔ではなく湖に流れ込んでいる小川沿いの道をたどり、昨晩ロビーで老齢の支配人に教えてもらった、丘の中腹にある公園の方まで歩いていった。氷点下の夜が明けて、しかも降っていた雪が止んだ朝、そこに砂金の花が咲くというのである。

砂金の花？　問い返した私に、支配人は母国語ではない言語で答えた。一冬に一度か二度、古い遺跡のあるあの丘の公園に、砂金が薄い雪の層を柱状に突き出して芽吹くのです。この柱の頭部に金色の花が咲く。六枚の花弁のうちの一枚を、岩塩を入れた水で飲み干すと、身体のいちばん弱っている部位に張り付いて光を発するらしい。

この謎めいた現象は、半世紀ほど前、湖の対岸にある州立病院で裏づけられた。長年にわたって原因不明の疝痛に苦しみ、治療法はないと見放された隣国の男が、冬の湖に身を沈めるためにやってきて、支配人の祖父が経営していたこのペンションに泊まった。私とおなじ話を聞かされた男は、翌朝、まだ公園に整備されていなかった荒廃地に出向いたのだが、目当てのものは見つからなかった。ところがそのとき、ひとりの少年があらわれ、これを探しているんでしょうと言って、鈍い光を放つ花びらのようなものを差し出したのである。ペンションに戻り、それを処方どおりに飲んでみたところ、これまで考えもしなかった部位が、内側から黄色い光を発しはじめた。あわてて再検査を試みると、光ったあたりに癒着が生じていることが判明した。彼はそれで救われたという。

　ペンションの窓から見えた白い綿菓子は、雪ではなく霜だった。かなりの厚みがあるのに、ぎゅっと締まっているせいか靴底があまり沈まない。滑らないようゆっくり歩を進めていくと、公園の一角がぼんやり金色に光っていて、長靴を履いた少年がひとり立っていた。支配人がなぜ砂金の花の話をしてくれたのか、そこでようやく理解できた。見抜かれていたのだ。私もまた身を沈めに来たことを。砂金の花があれば明日を手にできることを。地面を一心に見つめてなにかを探している少年に、私はたぶん、声をかけるだろう。そして春が来る前に、身体のなかで金色の花を静かに咲かせるだろう。

坂を上って高台に立ち、下界を見おろす。人はそれだけで、ゆるぎない力を得たような錯覚に陥る。下るよりも上りたい、少しでも上にいたいと望む気持ちは、わからないでもない。私だってジャングルジムがあれば天辺まで上るし、観覧車があれば嬉々として乗り込む。小心者はそうやって、ときどき位置エネルギーを高めながら生きているのだ。

しかし坂というものは上り下りの通路ではなく、なにもなしえていない自分の、宙ぶらりんだけれど十分に前向きな気持ちをどれだけ持続しうるか、それを静かに試す場でもある。低地にじっとたたずみ、溜息も漏らさず涙も流さず、闇に沈む直前の深海色の空を見あげると、思念をかたちにしてくれるという不穏な空間に大きな船が停泊して、橙色の舷燈を、ぼそぼそつぶやくように明滅させているのがわかる。

一歩でも二歩でも坂を上れば、あの光を手に入れることができるのだろうか。できなくはないだろう。ただし、それに触れたとたん、世界の示準に狂いが生じて、なんとか保たれていた「いま」が容赦なく化石化されてしまうにちがいない。

だから、しばらくはここにとどまろう。無防備な背中を外界に晒し、ひたすら坂を見あげて、喫水線につどう言葉のゆらめきを眺めていよう――「いま」がむなしく通り過ぎていくのをほんの少しでも遅らせるために。

初出一覧

Ⅰ、Ⅲ「坂を見あげて」（『季刊永青文庫』二〇〇八年十月～二〇一四年十月、永青文庫）
Ⅱ「季節の余白に」（『花時間』二〇〇七年一月号～十二月号、角川書店）
Ⅳ「季節の環のなかへ」（『ミセス』二〇一四年四月号～十二月号、文化出版局）

堀江敏幸（ほりえ・としゆき）
1964年、岐阜県生まれ。作家。
主要著書『おぱらばん』
『熊の敷石』
『回送電車』
『雪沼とその周辺』
『河岸忘日抄』
『正弦曲線』
『燃焼のための習作』
『戸惑う窓』
『その姿の消し方』

坂《さか》を見《み》あげて

2018年2月10日 初版発行

著　者　堀江敏幸　　発行者　大橋善光

発行所　中央公論新社　〒100-8152 東京都千代田区大手町1-7-1
電話　販売 03-5299-1730　編集 03-5299-1800　URL http://www.chuko.co.jp/

印刷　精興社　製本　大口製本印刷

Printed in Japan　ISBN978-4-12-005045-5 C0095　定価はカバーに表示してあります。

中央公論新社　既刊より

堀江敏幸の本

象が踏んでも
回送電車Ⅳ

賭金は八年前の旅人が落としていった四つ折りの手紙、盗まれた手紙の盗まれた文字――。詩に始まり、風景の切り取り方で締めくくる四十五篇。

時計まわりで迂回すること
回送電車Ⅴ

爪切りひとつで世界は大きくその姿を変える――オーディオアンプをめぐるあれこれから、ジダンの足さばきまで、対象への愛に満ちた五十五篇。

正弦曲線

速記者の静寂について、元興寺の瓦について、苛烈な「中庸」について……。言葉と暮らしをめぐる省察の連鎖。第六十一回読売文学賞受賞作。

戸惑う窓

世界の生成に立ち会う窓、虚妄の窓、胸をかきむしるほど透明な窓、球状の窓……。窓はただ四角くくりぬかれているだけではだめなのだ。